Mit der Welt
auf Buchfühlung

Saul Bellow, einer der großen Männer der amerikanischen
Literatur, wurde 1915 in Lachine Quebec geboren
und wuchs in Chicago auf, wo er Soziologie und
Anthropologie studierte.
Er lehrte an verschiedenen amerikanischen Universitäten.
Für sein umfangreiches und sehr erfolgreiches
literarisches Werk erhielt er zahlreiche Auszeichnungen,
darunter den Pulitzerpreis und 1976 den Nobelpreis für Literatur.
Saul Bellow lebt heute in Boston.

# Saul Bellow
# Die einzig Wahre

Aus dem Amerikanischen von
Helga Pfetsch

BLT
Band 92027

© 1997 by Saul Bellow
Originaltitel: THE ACTUAL
© 1998 für die deutsche Ausgabe by
Kiepenheuer & Witsch, Köln
Lizenzausgabe für BLT
BLT ist ein Imprint der Verlagsgruppe Lübbe,
Bergisch Gladbach
Printed in Germany, Oktober 1999
Einbandgestaltung: Gisela Kullowatz
unter Verwendung einer Photographie
von Mechthild Op gen Oorth
Autorenphoto: © Thomas Victor
Satz: Dörlemann Satz, Lemförde
Druck und Bindung: Elsnerdruck, Berlin
ISBN 3-404-92027-0

Sie finden uns im Internet unter
http://www.luebbe.de

Der Preis dieses Bandes versteht sich einschließlich
der gesetzlichen Mehrwertsteuer.

Meist ist leicht zu durchschauen, wie Menschen ihr eigenes Tun einschätzen. Und auch, was sie wirklich im Schilde führen, läßt sich mit gesundem Menschenverstand unschwer erkennen. Das übliche Repertoire an Tricks, Täuschungsmanövern und individuellen Gaunereien, die auf dem Gebiet krimineller Raffinesse für Abwechslung sorgen, lohnt kaum, daß man genau hinschaut. Es ist Jahre her, seit ich mich für die Psychopathologie des Alltagslebens und ihre einst erfrischenden Geschichten-hinter-der-Geschichte interessierte. Daß ein Versprecher sich auf das mutwillige Es zurückführen läßt, braucht nicht mehr bewiesen zu werden. Ich gebe zu, daß Freud einer der genialsten Menschen war, die je gelebt haben, aber für seine Lehre habe ich ebensowenig Verwendung wie für Paleys Uhr – eine Metapher für das Universum, das, einmal aufgezogen, seit Milliarden von Jahren vor sich hintickt. Solange es noch irgend etwas gibt, das man sich ausdenken kann, wird mit Sicherheit jemand (in diesem Fall ein englischer Geistlicher des achtzehnten Jahrhunderts) mit dieser Vorstellung daherkommen.

Bekannt zu werden war mir niemals ein besonderes Bedürfnis. Dabei habe ich nicht das Gefühl, daß ich für einen guten Beobachter schwer ausfindig zu machen wäre. Auf Fragen sage ich, daß ich in Chicago wohne und im Halbruhestand lebe, aber mir ist nicht daran gelegen, näher auf meine Beschäftigung einzugehen. Nicht, daß es viel zu verbergen gäbe. Aber etwas an mir deutet wohl an, daß es so ist. Ich sehe chinesisch aus. Nach dem Koreakrieg wurde ich auf eine besondere Schule geschickt, um Chinesisch zu lernen. Vielleicht haben meine esoterischen Fertigkeiten in einem Prozeß verborgener Suggestion meinem Gesicht einen ostasiatischen Ausdruck gegeben. Die Kinder in der Schule sagten nie »Schlitzauge« zu mir – obwohl sie das hätten tun können, da ich als Waisenkind einer undurchsichtigen Kategorie angehörte, ein Außenseiter war. Aber auch das war eine Täuschung. Meine Eltern lebten beide noch. Ins Waisenhaus wurde ich gesteckt, weil meine Mutter an einer Gelenkkrankheit litt und von einem Sanatorium zum nächsten geschickt wurde, meistens im Ausland. Mein Vater war ein einfacher Schreiner. Die Rechnungen bezahlte die Familie meiner Mutter, denn ihre Brüder waren erfolgreiche Wurstfabrikanten und dazu in der Lage, die Kuren zu finanzieren, die sie in Bad Nauheim oder Hot Springs, Arkansas, machte.

In der Schule nahm man einfach an, ich sei ein Waisenkind. Ich hatte keine Gelegenheit, meine besonderen Umstände zu erklären, und all die Merkwürdigkeiten dieser Umstände wirkten sich auf die Beschaffenheit meines Aussehens aus – runder Schädel, das Haar so lang, wie es das Waisenhaus erlaubte, dicke Lider über den schwarzen Augen, breiter Mund mit wulstigen Lippen. Hervorragende Materialien für das heimtückische Fu-Manschu-Aussehen.

Der Weg des Menschen zu sich selbst ist eine Heimkehr aus dem spirituellen Exil, denn das ist letzten Endes jede persönliche Geschichte – ein Exil. Ich gestattete mir nicht, der chinesischen Lippe große Beachtung zu schenken. Ich muß wohl entschieden haben, daß es Zeitverschwendung ist, sich mit dem eigenen Image zu beschäftigen, es zurechtzurücken, zu überarbeiten, es zu ›frisieren‹.

Zu der Zeit, als ich überprüfte, welche Möglichkeiten mir offenstanden, glaubte ich, ich könnte vielleicht – nur vielleicht – einen Wechsel in eine andere Kultur vornehmen. Den Chinesen würde ich in China gar nicht auffallen, wohingegen das leicht chinesische Aussehen in meinem eigenen Lande nicht ausreichen würde, um ein Entdecktwerden zu verhindern ... Entlarvtwerden meine ich wohl.

Ich hielt es allerdings nur fünf Jahre im Fernen

Osten aus; die letzten beiden verbrachte ich in Burma, wo ich wichtige Geschäftsverbindungen knüpfte und dabei, ganz in die fremde Kultur eingetaucht, erkannte, daß ich so etwas wie eine Gabe zum Geschäftemachen besaß. Durch das Unternehmen in Burma, das einen Ableger in Guatemala hatte, mit einem lebenslänglichen Einkommen versorgt, kehrte ich nach Chicago zurück, wo ich gefühlsmäßig verwurzelt war.

Ich gab es auf, Chinese zu sein. Einige westliche Menschen haben freilich eine fernöstliche Existenz vorgezogen: der berühmte britische Eremit von Peking beispielsweise, den Trevor-Roper so wunderschön beschrieb; oder auch Two-Gun Cohen, der Gangster aus Montreal, den Sun Yat-sen als Bodyguard anheuerte und der offenbar nie nach Kanada zurückkehren wollte.

Sie werden schon bald sehen, daß ich handfeste Gründe hatte, mich wieder in Chicago niederzulassen. Ich hätte auch woanders hingehen können – nach Baltimore oder Boston –, aber der Unterschied zwischen Städten besteht nur im oberflächlich verkleideten Immergleichen. In Chicago hatte ich unerledigte emotionale Geschäfte. In Boston oder in Baltimore hätte ich doch nur, täglich und regelmäßig, an die eine Frau gedacht – daran, was ich zu ihr gesagt und was sie geantwortet hätte. »Liebesobjekte«, wie die Psychologie das nennt, erwirbt man nicht so häufig und legt sie nicht leichtfertig weg. »Entfernung« ist lediglich eine Äußerlichkeit. Der Geist nimmt sie im Grunde nicht zur Kenntnis.

Ich kehrte also nach Chicago zurück und eröffnete ein Geschäft in der Van Buren Street. Ich brachte meinen Angestellten bei, es selbständig zu führen, und war somit frei, mein Leben mit interessanteren Tätigkeiten zu füllen. Zu meiner eigenen Überraschung gehörte ich bald einer Clique von kuriosen Leuten an. Die größte Gefahr an einem Ort wie Chicago ist die Leere – menschliche Lücken und Brüche, eine Art spirituelles Ozon, das wie Bleichmittel riecht. In früheren Tagen verbreiteten die Straßenbahnen Chicagos solch einen Geruch. Ozon entsteht beim Zusammentreffen von Sauerstoff und ultravioletten Strahlen in der äußeren Atmosphäre.

Ich fand Wege, mich vor dieser Schwellengefahr zu schützen (der Gefahr, ins Weltall gesaugt zu werden). Merkwürdigerweise wurde ich immer häufiger als Kenner des Fernen Ostens eingeladen. Jedenfalls glaubten die Gastgeberinnen, das sei ich – ich selbst behauptete nichts. Man brauchte nicht viel zu sagen.

Ich richtete mich in einer Wohnung am Rande des Lincoln Park ein. Und hatte ziemlich bald großes

Glück. Bei einer Abendgesellschaft lernte ich den alten Sigmund Adletsky und seine Frau kennen. Der Name Adletsky ist überall bekannt, wie Prince Charles oder Donald Trump – oder, früher, der Schah von Persien oder Basil Zaharoff. Jawohl, Adletsky, der alte Häuptling persönlich, der Gründerkoloß, der Mann, der den unvergleichlich luxuriösen Hotelkomplex an der karibischen Küste Mexikos hatte bauen lassen – eine von zahlreichen Vergnügungskathedralen an den subtropischen Stränden so vieler Kontinente. Der alte Adletsky hatte sein Imperium inzwischen seinen Söhnen und Enkeln übertragen. Er hätte sich niemals mit Leuten wie mir abgegeben, wenn er selbst noch für all die Hotels, die Fluggesellschaften, die Minen und Elektronikwerke verantwortlich gewesen wäre.

Das Abendessen, bei dem wir uns kennenlernten, wurde von Frances Jellicoe gegeben. Ein Jellicoe hat die britische Flotte in der Schlacht vor dem Skagerrak (1916) kommandiert. Die Familie hatte einen amerikanischen Zweig (das behaupteten die amerikanischen Jellicoes), der sehr reich war. Frances, der ein Vermögen zugefallen war, hatte auch eine Sammlung von Gemälden geerbt, unter denen sich ein Bosch, ein Botticelli und mehrere Portraits von Goya befanden, sowie einige Picassos aus meiner Lieblingsperiode – mit mehrfachen Nasen und Augen. Ich bewunderte (schätzte) Frances sehr. Fritz Rourke, ihr Ehemann und der Vater ihrer beiden Kinder, hatte sich von ihr scheiden lassen, aber sie liebte ihn noch immer und nicht nur platonisch. Er war auch an jenem Abend da, betrunken und laut, und das Auffallendste an diesem Mann war die Art oder vielmehr das Ausmaß der Liebe, das man seiner Exfrau ansah, als sie für ihn eintrat. Sie war eine kräftige Frau und nie hübsch gewesen. An diesem Abend in ihrem Speisezimmer an der Goldküste stand ihr Gesicht in Flammen, und die Unterlippe entblößte die Zähne. Rourke war bald betrunken, er geriet rasch außer Rand und Band und zerbrach Gläser. Sie stellte sich hinter dem Stuhl des unkontrollierbaren ehemaligen Ehemannes auf und brachte schweigend Verzweiflung, Kampfbereitschaft und Loyalität zum Ausdruck. Das war in meinen Augen größtes menschliches Kapital. Nicht die Millionen auf ihrem Treuhandkonto, sondern ihr Charakter – ein Charakter von hohem Wert.

Der alte Adletsky saß an meinem Tisch, und auch er beobachtete das alles. Ich vermute einmal, daß in Gegenwart eines so reichen Mannes Derartiges selten passiert. Für ihn mag das, was sich während des Abendessens abspielte, so etwas wie eine Rückkehr zu frühen Einwanderertagen gewesen sein. Das Milliardärsdasein stelle ich mir vor wie ein Leben unter

Laborbedingungen. Er war ein kleiner Mann, geschrumpft durch sein hohes Alter. Und war ohnehin nie sehr groß gewesen. Seine Schmelztiegel-Generation von unterernährten Immigranten-Winzlingen produzierte in der Neuen Welt Söhne von einem Meter achtzig und große, üppige Töchter. Ich selbst war auch größer und schwerer als meine Eltern, wenn auch innerlich vielleicht zerbrechlicher.

Ich hatte nicht erwartet, daß Adletsky von meiner Anwesenheit Notiz nahm und war überrascht, als einige Tage nach der Einladung ein Brief von der Sekretärin des alten Herrn kam. Ich wurde gebeten, wegen eines Termins in seinem Büro anzurufen. Unter dem Brief stand in Adletskys Handschrift: »Ich würde mich freuen.« Vor fast einem Jahrhundert waren ihm kyrillische oder, noch wahrscheinlicher, hebräische Schriftzeichen beigebracht worden, was man den Schnörkeln seines großen I noch ansah.

Von Grund auf nach dem Adletskyschen System ausgebildet, war die Terminsekretärin nicht in der Lage, mir am Telefon mitzuteilen, aus welchem Grund ich gebeten wurde. So suchte ich Adletsky in seinem Glasbau, seiner Penthaus-Bürosuite auf. Ich fuhr in die Innenstadt und wurde zu einem Expresslift geführt, den ein Spezialschlüssel in Betrieb setzte. Die schnelle Fahrt kam mir vor wie das Luftdruck-

Rohrsystem, das früher die Verkäuferinnen in Kaufhäusern mit der Kasse verband. Die Preisschildchen und Dollarnoten wurden in das Rohr gesaugt, und – husch husch – hier sind die neuen Socken, und hier Ihr Wechselgeld.

Man tritt einer Führungskraft nicht mehr vor dem Schreibtisch gegenüber. Man sitzt zusammen auf einer Couch. Daneben steht ein Beistelltischchen mit einer Espressotasse und einem Schälchen Würfelzucker.

Ich spürte, wie sich unter Adletskys prüfendem Blick mein Gesicht abwehrend verschloß. Der alte Herr brauchte keine persönlichen Fragen zu stellen. Mein Leben und meine Taten waren von seinem Mitarbeiterstab schon unter die Lupe genommen worden. Augenscheinlich hatte ich den vorläufigen Ermittlungen standgehalten. Er war so vollständig informiert, daß über meine Herkunft, meine Ausbildung, meine Leistungen nicht mehr gesprochen werden mußte – Gott sei Dank.

Er sagte: »Bei Frances Jellicoes Einladung kam die Rede auf Jim Thorpe, und nur Sie konnten das College nennen, das diesen hervorragenden Sportler hervorgebracht hat ...«

»Carlisle«, sagte ich. »In Pennsylvania. Eine indianische Hochschule.«

»Das ist kein Thema, das Sie besonders interessiert; Sie wußten es zufällig. Haben Sie viel Allgemeinwissen gespeichert? Verzeihen Sie die Frage, Mr. Trellman, aber wann wurde die Federal Reserve Bank gegründet?«

»1913? ... Sagen Sie bitte Harry.«

Ich sah, daß er erfreut war, merkte aber, wie sich in diesem blendenden Penthauslicht meine gesamten »Vorbereitungen« in Nichts auflösten. Vorbereitungen? Nun, der Titel des berühmten Buches von Stanislawsky ist *Ein Schauspieler bereitet sich vor.* Jeder Mensch bereitet sich vor und schreibt anderen Urteilsvermögen zu, billigt ihnen den Besitz von Maßstäben zu, die möglicherweise gar nicht existieren.

Ich rückte ans schattige Ende der Couch.

Bisher hatte Adletsky von mir beliebige Informationen der Art bekommen, wie sie zum Lösen von Kreuzworträtseln nützlich sind. Natürlich war das nur Vorgeplänkel. Er verhielt sich wie ein Techniker, der das Modell eines hochkomplizierten Geräts betrachtet. Was hätte ein Arzt wohl über eine so kleine, alte und runzlige Kreatur wie Adletsky gesagt? Und so reich. Superreich. Das Vorstellungsvermögen der meisten Menschen übersteigend reich. Auch mein Vorstellungsvermögen. Mit so viel Zaster, dachte ich bei mir, umgeht man die Demokratie einfach. Man gibt zu verstehen, daß man dankbar für die Möglichkeiten ist, die das kapitalistische Amerika einem gegeben hat; mittlerweile ist man im innersten Herzen aber im Alleingang davongezischt, sieht man sich als Pharao, den Repräsentanten der Sonne.

»Ich wollte über Frances Jellicoe sprechen«, sagte er.

»Verzeihung?«

»Ihre Einladung. Ich mochte Frances schon immer. Sind Sie oft dort?«

»Nein. Sie hat einige chinesische Stücke von mir gekauft.«

»Sie handeln mit diesen Dingen.«

»Antiquitäten ...«

»Gewiß doch. Sie importieren sie in beschädigtem Zustand aus China und lassen sie in Guatemala City von billigen Arbeitskräften reparieren.«

»Sie haben sich über mich informiert«, sagte ich. Nicht daß es eine Rolle spielte; mein Vorgehen, mein Trick war hinreichend legal.

»Ist ja nichts Schlimmes«, sagte Adletsky. »Ich habe zugesehen, wie Sie bei Frances Ihre Beobachtungen gemacht haben.«

»Ein schrecklicher Augenblick war das«, sagte ich.

»Ja, der Ehemann – ihr Ex – ist ein Verlierer, ein offensichtlicher Tunichtgut. Frances' Mutter setzte damals, wie die *Tribune* das nannte, ›gesellschaftliche Maßstäbe‹. Die Potter Palmers, die McCormicks und noch andere -micks, deren Ehemänner Aufsichtsratsvorsitzende waren und die für ihre Töchter Debütantinnen-Parties gaben – Frances war eine von ihnen.«

»Ja, ich kenne Damen, die mit ihr im Pensionat waren. Früher war sie ein schlankes, sanftes Wesen ...«

Er sah mich neugierig an, als ich ›sanftes Wesen‹ sagte, als sei er überrascht, daß ein Mann meines Aussehens Dinge so formulierte. »Und jetzt, meinen Sie, hat sie eine Figur wie ein Scheißhaus«, sagte Adletsky.

»Dabei ist sie gesundheitlich schlecht dran – sie ist anfällig, ihr Leben ist in Gefahr. Sie hat dieses schreckliche Cortisonödem, und deshalb sieht sie aus wie Babe Ruth.«

»Natürlich, das trifft es eher«, sagte Adletsky.

»Sie brauchen mich nicht, Mr. Adletsky«, sagte ich. »Nicht bei dem nachrichtendienstlichen Servicetrupp, der Ihnen alles Wissenswerte über meine Geschäfte in Guatemala mitgeteilt hat.«

»Stimmt«, sagte er. »Aber Sie haben diese Forschungsmöglichkeiten nicht. Sie müssen nachdenken, Sie müssen Dinge bemerken und sich die Fakten selbst zusammenreimen. Dieser Rourke, der Ex-

Mann, hat sich doch selbst in die Nesseln gesetzt. Tolle Führungskraft – schwängert eine Studentin aus Grönland, ein Eskimomädchen. Und sie verklagt ihn. Stimmt's? Das ist bekannt. Es ging durch die Presse.«

»Frances und Rourke sind schon seit Jahren geschieden. Aber er blieb in den Aufsichtsräten verschiedener Unternehmen.«

»Sprechen Sie weiter«, sagte Adletsky. »Wir halten beide große Stücke auf Frances. Und wir tun ihr nichts Böses an, wenn wir die Tatsachen beim Namen nennen.«

»Ihr Vater war ein Unternehmenspartner von Insull«, sagte ich. »Und ihr Großvater ein Gründer von Commonwealth Edison. Sie hat veranlaßt, daß Rourke Aufsichtsratsmitglied in einem halben Dutzend weiterer Unternehmen wurde.«

»Ein Schnorrer. Teil der Fracht, die manch ein Unternehmen mitschleppt.«

»Er wurde rausgeschmissen, als das Eskimomädchen sagte, daß sie ein Kind von ihm kriegt«, sagte ich. »Der Zweck der Einladung war, Rourke gesellschaftlich zu rehabilitieren.«

»Um seiner Kinder willen?«

»Zum einen das«, sagte ich. »Aber auch, damit sie recht behält. Ihren Willen durchsetzt.«

»Ihres Bleibens hier ist nicht mehr lange«, sagte Adletsky. »Und sie hat aus Liebe geheiratet.«

»Da haben wir also das mächtige weibliche System, das wir Frances nennen, und in was wird investiert? In diesen Rüpel.«

»Anders läßt sich nicht erklären, was neulich abend passiert ist. Würden Sie freundlicherweise die Vorgänge beschreiben, wie Sie sie gesehen haben?«

»Schön«, sagte ich, bereitwilliger als sonst auszusprechen, was ich denke. In der Regel zögere ich eher, deutlich zu werden. Ich habe so nie funktioniert – offen, direkt. Jetzt hatte ich allerdings das Gefühl, daß der alte Adletsky mir eine Tür geöffnet hatte, aus Gründen, die ich nicht recht verstehen konnte, und daß es unklug wäre, wenn ich mich weigerte einzutreten. Nicht beleidigend, sondern irgendwie unfreundlich. »Sie hat führende Persönlichkeiten aus der Geschäftswelt eingeladen. Ich saß neben dem alten Ike Cressy von der Continental Bank. Auch Sie waren deshalb da.«

»Wir würden jemand wie diesen Ehemann nicht mit der Zange anfassen.«

»Das können nur Sie selbst beurteilen, jedenfalls waren Sie eingeladen, um die Bedeutung des Anlasses zu unterstreichen.«

»Und Sie?«

»Ich habe die Künste repräsentiert. Frances besitzt weltberühmte Gemälde. Ein Typ von Sears Roebuck war da. Und ein Bundesrichter und wie heißt er gleich von der Warenbörse. Und die Ehefrauen natürlich.«

Und Rourke, der sich betrank und verrückt spielte. Er war brutal und wütend – aggressiv. Er kippte sich zwei Flaschen Wein hinter die Binde und hielt eine Rede, in der er auf illegale Einwanderer aus Mexico und asiatische Immigranten schimpfte. Er sagte, es gäbe ohnehin schon zu viele unerwünschte Leute im Land. Dann fegte er mit dem Arm auf seiner Tischseite die Weingläser herunter, wobei einige kaputtgingen. Mir fiel dabei Frances' kleiner weißer Scotchterrier ein, der noch nicht ganz stubenrein ist. Bei einem früheren Besuch hatte ich gesehen, wie er an Sessel- und Sofabezügen das Bein hob.

»Und Cressy: Er fing an seinem Tischende ein Gespräch über Shakespeare an. Er sagte, die höheren Schulen seien unter aller Sau, und das käme daher, daß die Kinder keine Gedichte mehr auswendig lernten. Er erzählte die Geschichte von dem New Yorker Bonzen, der entführt wurde. Zwei Angestellte von diesem Mann gruben ein Loch – ein Grab kann man sagen. Sie überwältigten ihn und hielten ihn unter einer Eisenplatte dadrin gefangen. Der Typ dachte natürlich, das sei das Ende – er würde nie wieder das Tageslicht sehen.«

»Wirklich eine ungeheuerliche Niederträchtigkeit«, sagte Adletsky. »Glauben Sie, daß die Leute, die so ein Verbrechen begehen, sich eine Vorstellung davon machen, wie das ist – lebendig begraben zu sein?«

»Vielleicht haben sie gar nicht die Fähigkeit dazu. Cressy sagte jedenfalls, daß die Gedichte, die der ältere Geschäftsmann in der Schule gelernt hatte, ihm das Leben gerettet hätten.«

Banker zitieren gern aus Hamlet:

Kein Borger sei und auch Verleiher nicht;
Sich und den Freund verliert das Darlehn oft,
Und Borgen stumpft der Wirtschaft Spitze ab.

Darüber diskutierte ich nicht mit dem alten Adletsky. Er hätte keine Verwendung für solche Nebengedanken gehabt. Ihm ging es um meinen Kommentar zu dem, was passierte, als Frances ihren Fotoapparat von der Anrichte nahm.

»Sie haben es beobachtet. Sie haben es wahrgenommen. Frances stellte alle Gäste für ein Foto auf.«

»Cressy wollte sich nicht fotografieren lassen. Nicht mit Rourke«, sagte ich.

»Das haben Sie also bemerkt«, sagte Adletsky.

Er war zufrieden mit mir. »Wer, außer Ihnen und mir, hat wohl gesehen, daß sich da ein Kampf abspielte und Cressy genau, als Frances auf den Auslöser drückte, den Kopf wegdrehte? Dreimal bekam sie seinen Hinterkopf aufs Bild.«

»Und das Foto war doch der einzige Zweck ihrer Einladung. Sie kam auf Cressy zu und faßte ihn am Handgelenk – zwang ihn, ihr ins Gesicht zu sehen.«

»Es gibt gar nicht sehr viele gute Beobachter auf der Welt, nicht wahr?« sagte Adletsky. »Dabei wußten alle das von Rourke und dem Mädchen, das eine Ausbildung als Hebamme machte. Es stand immerhin in der Sun-Times. Frances hat sich sehr über die Berichterstattung aufgeregt. Sie verachtet Typen wie Cressy. Ich dachte, sie würde auf ihn losgehen. Kräftig genug wäre sie gewesen. Aber schließlich bringt er nicht viel auf die Waage, oder?« fuhr Adletsky fort. »Und über sein Herz hat er ein Kondom gezogen. Bankbeamte besitzen keinen Funken Menschlichkeit.«

»So ist es«, sagte ich, »Frances' einziges und wichtigstes Motiv war, den Vater ihrer Kinder zu rehabilitieren.«

»Nein, sie liebt diesen grobschlächtigen Arsch von Rourke. Jeder anständige Mann wäre stolz darauf, die Loyalität einer so wunderbaren Frau wie Frances zu genießen. Aber es mußte ausgerechnet Cressy sein, er sollte mit Rourke in die Kamera grinsen. Welche gesellschaftlichen Referenzen habe ich denn schon, ein alter Jude – oder auch dieser Typ von Sears? Ich könnte einen besseren Mann als den aus einem Stück Holz schnitzen ... Was für ein Name ist Cressy überhaupt?«

»Könnte von Crécy kommen, einem französischen Schlachtfeld.«

Adletsky hatte keine Verwendung für marginale Informationen.

»Sie hat nicht erreicht, was sie wollte, die Arme«, sagte er.

Alles deutete darauf hin, daß es mit Frances bergab ging. Das Essen war mittelmäßig, weder die Tischwäsche noch die Bedienung entsprach den Anforderungen; das Hündchen pinkelte an die Sofabezüge. Ihre Gesichtsfarbe, als Cressy sie so in Rage brachte, war von düsterem Rostrot.

»Ich habe zugeschaut, wie Sie diese Szene beobachtet haben«, sagte Adletsky. »Ich habe nie viel Zeit für das gesellschaftliche Leben oder psychologische Details gehabt. Aber jetzt bin ich aus dem Planen und Akquirieren raus – ich bin raus aus dem Businessgeschehen. Ich begleite meine Frau auf ihren Runden. Jedenfalls habe ich mir gedacht, ich wäre gerne mit jemandem wie Ihnen näher bekannt – einem offensichtlich erstklassigen Beobachter.«

Darauf gab es nichts zu sagen. Hätte ich ihm erzählen sollen, daß es mir leid tat, daß sein Arbeitsleben zu Ende war – daß er sich in menschlich reduzierten Verhältnissen befand?

»Mir gefällt die Art, wie Sie sich einen Reim auf die Dinge machen«, resümierte Adletsky. »Im Geschäftsleben habe ich in einer Hinsicht Franklin D. Roosevelt zu imitieren versucht. Ich erkannte, daß es eine gute Idee ist, sich mit einem Brain-Trust zu umgeben. Damals, 1933, hat er seine Professoren um sich geschart. Das Land mußte innovieren oder untergehen ...«

Mit seinen Perspektiven als Promoter von planetarischem Ausmaß hatte sich auch sein Englisch entwickelt. Er war mit seinen *on-the-job* trainierten Söhnen und den in Yale ausgebildeten Juristinnen-Töchtern in grenzenloser Anpassungsfähigkeit von einer Sphäre zur nächsten aufgestiegen.

»Und Sie hatten einen Brain-Trust im Stile Roosevelts?«

»Nein. Ich hatte lediglich Leute, deren Rat einzuholen mir Vorteile brachte, und mit Ihnen würde ich mich gerne gelegentlich treffen, um mich in der einen oder anderen Sache auf den neuesten Stand bringen zu lassen. Ich hätte nicht geglaubt, daß unter all den Anwesenden nur Sie und ich den Clinch zwischen Frances und Cressy begriffen haben.«

Er hatte recht. Wenige Menschen sind fähig, so etwas wahrzunehmen.

»In geschäftlichen Dingen bin ich nicht sehr bewandert«, sagte ich.

»Ich brauche Sie nicht fürs Geschäftliche. Versuchen Sie nicht, mich da zu beraten. Ich werde Sie nur hin und wieder mal befragen. Während meines Arbeitslebens war ich gesellschaftlich nicht sehr aktiv. Jetzt komme ich nicht drum herum. Und es muß eine Möglichkeit geben, das erfreulicher zu gestalten.«

Mit der mir eigenen Zurückhaltung bemerkte ich, daß ich sehr erfreut sei, Teil seines Brain-Trusts zu werden.

»Sie können auch Ihre Neugier über mich bis zu einem gewissen Grad befriedigen«, sagte er. »Natürlich müssen Sie diskret sein. Aber ich glaube, Sie behalten ohnehin schon eine Vielzahl von Dingen für sich. Das sieht man Ihnen an. Hat Ihnen schon mal jemand gesagt, was für ein japanisches Gesicht Sie haben?«

»Chinesisch, habe ich immer gedacht.«

»Japanisch«, beharrte er.

Als ich nach Hause kam, zog ich mich aus und betrachtete mich in meinem hohen Badezimmerspiegel. Der alte Herr hatte tatsächlich recht. Ich habe japanische Beine, genau wie auf den Badeszenen von Hokusai. Die Schenkel sind muskulös und die Schienbeine gebogen. Ich würde noch japanischer aussehen, wenn ich mein Haar kürzer schneiden und Ponys tragen würde. Ich begann, das Bild, das ich von mir hatte, zu korrigieren.

Schon jahrelang treffe ich mich seitdem mit Sigmund Adletsky und anderen Mitgliedern seiner Familie, denen er mich empfohlen hat und die, gewöhnlich zu Fragen des guten Geschmacks, meinen Rat suchen.

Eines habe ich während meines Kontakts mit dem alten Herrn gelernt. Ein solch ungeheurer Reichtum findet keine angemessene menschliche Entsprechung. Adletsky ist inzwischen sehr alt und klein – leicht genug, um in die Ewigkeit davonzufliegen. Aber immer noch erstatten ihm seine Söhne und Enkel Bericht. Sein Urteil – alten Stils – in Geschäftsangelegenheiten ist gesund wie immer. Die Ökonomie der neuen Welt ist dem Gründer nicht vertraut. Über seine Nachkommen sagte er einmal zu mir: »Ich bin jetzt in *ihrem* Brain-Trust.«

Aus einer gänzlich anderen Richtung als Frances Jellicoe oder Sigmund Adletsky kommt eine Person, eine Frau, deren Name Amy Wustrin ist. Ich war mit ihr kurze Zeit in der High School befreundet. Mag sein, daß Amy das Ausmaß der Gefühle kennt, die sich aus diesem Händchenhalten, Streicheln, Austausch von Zärtlichkeiten entwickelten – die Wirkung dieser berauschenden Intimitäten auf mich. Natürlich ist es unmöglich zu ahnen, was Menschen über einander wissen.

Als sie ungefähr zwölf war, beobachtete ich sie auf Rollschuhen – wie sie auf die Pubertät zurollte. Und in der High School mit fünfzehn beim alljährlichen Kostümfest, zu dem sie Strumpfhosen und hohe Absätze trug, sah ich ihre durch und durch weiblichen Schenkel und den Glanz und die Glätte sexueller Reife auf ihren Wangen und in ihrem braunen Blick: Sie sandte Botschaften aus, derer sie sich möglicherweise nicht einmal bewußt war.

Liebesobjekt wäre wohl die übliche und passende Bezeichnung für das, was Amy für mich wurde. Doch was bedeutet dieser Begriff schon? Angenommen, man würde statt »Liebesobjekt« etwa »Tür« sagen – was für eine Tür denn? Hat sie einen Knauf, ist sie alt oder neu, glatt oder abgestoßen, führt sie irgendwo hin? Ein halbes Jahrhundert der Gefühle ist in Amy investiert worden, ein halbes Jahrhundert des

Phantasierens, Vermutens, sich Vertiefens, der ausgemalten Unterhaltungen. Nach vierzig Jahren konzentrierten Ausmalens fühle ich mich in der Lage, mir in jedem Augenblick, an jedem beliebigen Tag ein Bild von ihr zu machen. Wenn sie die Handtasche öffnet, um den Haustürschlüssel zu suchen, nehme ich den daraus aufsteigenden Duft von Doublemint Kaugummi wahr. Wenn sie unter der Dusche steht, kann ich Ihnen beschreiben, wie sie ihr Profil dem Wasserstrahl entgegenhebt. Sie ist jetzt eine nicht mehr junge Frau. Es ist dreißig Jahre her, seit ich ihren nackten Körper gesehen habe, und er ist den üblichen Veränderungen unterworfen, wie mein eigener Körper auch – der viel japanischer ist, als ich glaubte, ehe Adletsky mich darauf hinwies.

Einmal allerdings, vielleicht vor einem Jahrzehnt, begegnete ich Amy zufällig und erkannte sie nicht – die Frau, mit der ich praktisch täglich geistig in Verbindung stand. Ich begegnete ihr zufällig dicht beim Loop, unter den Hochbahnschienen der Wabash Avenue. Als ich an ihr vorbeiging, hielt sie mich an; sie vertrat mir den Weg und sagte: »Weißt du denn nicht, wer ich bin?«

Angesichts alltäglicher gesellschaftlicher Peinlichkeiten kann ich ziemlich unverfroren sein, dies aber empfand ich als ein sehr schlimmes Versagen.

Für sie war es ein fürchterlicher Schlag. »Du hundsgemeiner Kerl!« sagte sie. Womit sie meinte, wenn ich sie nicht mehr erkannte, sei sie nicht mehr sie selbst. Auch sie, die sich immer noch als die ausgab oder, wie wir sagen, »verkaufte«, die sie früher einmal gewesen war, war dadurch einer Unwahrheit überführt worden.

»Wer bin ich denn?« sagte sie.

Ich schüttelte den Kopf. Ich hätte wissen müssen, wer sie war. Aber ich wußte es nicht – ich konnte diese aufgebrachte Frau nicht identifizieren.

»Amy!« sagte sie mit wütender Stimme.

Jetzt erkannte ich sie. So war es: Sie lebte in der wirklichen Welt. Nicht aber ich. »Jetzt mal langsam, Amy«, sagte ich. »Seit wir uns kennen, bin ich dir noch nie in der Stadt begegnet. Und unter den Hochbahnschienen sieht alles grau aus, wenn der Himmel bedeckt ist.«

Denn sie war graugesichtig wie ein Mädchen für alles – eine überarbeitete Mutter. Sie war zu einer raschen Besorgung losgelaufen, um ein Paar Schuhe umzutauschen, die ihrer älteren Tochter nun doch nicht gefielen. Die dicke, eingetrocknete städtische Suppe der dunklen Lake Street ließ alles häßlich aussehen. Unter den schwarzen Eisenträgern war Amy in der Tat nicht zu erkennen. Außerdem hatte sie damals akute Schwierigkeiten mit ihrem Ehemann Jay, und sie hatte Angst, nicht präsentabel zu sein. Sie wirkte reifer. Oder gebändigter. Ich versuche, es taktvoll auszudrücken. Keiner kommentiert die Veränderung in meiner Erscheinung. Meine dicken Lider und die Chinesenlippen sind immer gleich. Mit mir war noch nie viel Staat zu machen.

Aber sie wußte, welche Rolle sie in meinem Leben gespielt hatte und daß ich fortgesetzt in geistiger Verbindung mit ihr stand. Ich hatte sie mir so bewahrt, wie sie mit 15 Jahren gewesen war. Nicht erkannt zu werden, als wir uns von Angesicht zu Angesicht sahen, mußte also bedeuten, daß sie völlig abgewrackt war. Auch ich war schockiert.

Ich sagte »Edgewater 5340« vor mich hin. Bevor es Vorwahlnummern gab, war das ihre Telefonnummer gewesen. Amy war, glaube ich, das einzige Mädchen, das ich je besucht habe. Ich war kein großer Don Juan. Als ich an ihrer Haustür klingelte, schien ihre Mutter überrascht. Ich sah eher aus wie der Botenjunge von der Reinigung, der die Blusen abholte.

Doch Amy hatte schon ihren Waschbärmantel vom Kleiderständer in der Diele genommen und den dazu passenden runden Hut aufgesetzt. Sie hatte ihren eigenen Stil, Hüte zu tragen – weit aus der Stirn nach hinten geschoben. Es gibt Stirnen, die den Druck eines Hutbands nicht vertragen.

Das Haus war nicht mit den üblichen Backsteinen gebaut. Es war aus Indiana-Kalkstein. Den Eingang bildete eine einzige massive Kalksteinplatte. Als Amy auf den steinernen Treppenabsatz trat, sog ich ihren persönlichen Duft ein, zu dem auch Coty's Gesichtspuder gehörte. Ich frage mich, ob die Firma Coty noch denselben Duft verwendet wie in den fünfziger Jahren. Als wir uns im Park umarmten und küßten, war der Geruch des feuchten Pelzes viel stärker als der des Puders.

Auch die unvollkommene Art, mit der sie sich die Lippen schminkte, war Teil ihrer Identität. Darin lag die ganze Kraft – die Schönheit dieses sterblichen Fleisch und Bluts. Genauso sterblich war die Form ihres Hinterns, wenn sie ging, eine reife Frau, die eine Schultasche schwenkte. Sie ging nicht wie eine Schülerin. Und dann – die Mißwirtschaft mit ihren Pumps. Sie schlappten im Gegenrhythmus. Diese Synkopierung war das überhaupt aufschlußreichste Charakteristikum, faßte die anderen Eigenarten zusammen. Durch sie wurde man sich bewußt, wie unbeholfen sexy Amys Bewegungen und ihre Haltung waren. Die dazwischenliegenden Jahre mit ihren Krisen, Kriegen und Präsidentschaftswahlkämpfen und all den Veränderungen des gegenwärtigen Zeitalters haben nicht die Macht gehabt, Amys Aussehen zu verändern, die Größe ihrer Augen und die Winzigkeit ihrer Zähne. Das ist die Macht des Eros.

Es ist ein Vormittag im März an der Bruchstelle zwischen kalt und mild. Ein Blizzard ist ausgebrochen, wie er für Chicago typisch ist. Schwer wirbelt der Schnee herum, und Amy steht in der gefliesten Dusche und seift sich ein. Die Doppelbacken ihrer Kehrseite sind noch immer gut geformt, und sie wäscht sich mit den erfahrenen Händen der Mutter, die kleine Kinder gebadet hat. Ein ganzes Leben der eigenen Körperpflege wird sichtbar, wenn sie sich die Brüste einseift. Vor dreißig Jahren hatte ich das ekstatische Privileg, diese Brüste anzuheben, um sie von unten zu küssen – und auch die gespreizten Schenkel.

Amy hat nicht das Aussehen einer Frau, die solche Phantasien auslöst. Sie hat etwas Reserviertes, das einen von direkter erotischer Annäherung abhält. Sie wirkt sehr stabil. So hat sie immer gewirkt. In der Schule gehörte sie vom Aussehen her eher zum Durchschnitt. Außer beim Kostümfest, in Strumpfhosen und mit Lippenstift wie ein Revuegirl. Junge Männer wie Jay, Spezialisten im Lesen der sexuellen Signale, vermuteten, daß sie erregbar sei. »Da ist Potential drin, bei dem Mädchen ist was los«, sagte er. Ich »ging« mit ihr, im Junior Year, bis Jay mich ausbootete. Sehr viel später heiratete er sie – nach der Kubakrise. Für beide war es die zweite Ehe.

Ich habe immer eigenartig ausgesehen. Nicht abstoßend, aber ich gefiel nicht gerade jedem. Jay traf den Geschmack von allen; er war ein attraktiv aussehender Mann mit einer ausgesprochen erotischen Note.

Aber nun wieder zu ihr: In diesem Augenblick dreht sie die Dusche aus und überlegt, wieviel Schnee wohl fallen wird. Heute nachmittag hat sie etwas auf dem Friedhof zu erledigen, und bei einem Schneesturm wird die Schnellstraße gefährlich. Wenn die Nebenstraßen wie üblich im Schnee ersticken, schafft sie es auch nicht durch die endlosen Wohngebiete – den Bungalow-Gürtel. Sie muß bis kurz hinter die Stadtgrenze zum – Gott steh uns bei – Bestattungsgelände.

Doch es mußte sein. Jay Wustrin, im Jahr zuvor gestorben, war im Familiengrab von Amys Familie bestattet worden. Grund dafür war eine verrückte Geschichte, ein blödsinniger Witz, wie der verstorbene Jay ihn liebte. Von Beruf war er Jurist, aber in ihm steckte auch ein Komiker. In dieser Sache hatte der Komiker die Oberhand gewonnen, so daß Jay jetzt neben Amys Mutter lag, die den Mann ihrer Tochter nicht gemocht – nein, ihn verabscheut – hatte. Aus verschiedenen Gründen mußte er nun umgebettet werden. Bei dieser Umbettung gab es Schwierigkeiten, bürokratische Probleme mit der Stadtverwaltung, mit der Gesundheitsbehörde. Doch der komplizierte rechtliche Teil war nun endlich erledigt. Jay Wustrin sollte an diesem Nachmittag auf einen anderen Teil des Waldheim Friedhofs überführt werden. Nach einem endlosen Papierkrieg waren wir startbereit. Amy hatte mich nicht um Hilfe gebeten. »Wir« sage ich, weil ich mich, ob anwesend oder nicht, auf einer parallel laufenden mentalen Schiene beteiligt fühlte. Amy ging Komplikationen und bedrückenden Gedanken gern aus dem Weg. Mit leicht gerunzelter Stirn stieg sie aus der Dusche und versuchte, die Probleme des Exhumierens und Wiederbestattens zu verdrängen. Während sie sich in das Badetuch hüllte, betete sie, daß ein Märzschneesturm den Friedhof stillegen möge. Der Tag war schon jetzt voller, als sie es gern hatte.

Jay hätte sich über die Unannehmlichkeiten, die er verursachte, amüsiert. Bei Amy konnte man sich darauf verlassen, daß sie das Schickliche tat. Ihre Vorfahren waren ehrenhafte, deutschsprachige Juden aus Odessa, die auf ein Gymnasium gegangen waren. Amy war dazu erzogen worden, tugendhaft auszusehen, und ich nehme an, daß sie tatsächlich wie eine Matrone der Mittelschicht wirkte. Jay dagegen gefiel sich als Bonvivant und sah sich auch als solchen. Er lief den Frauen nach, und das mit viel Erfolg, und er sah gut aus, wenn man an konventionellem Aussehen Geschmack fand – mit zunehmendem Alter wurde er ein wenig schwer. Wir hatten uns als Freshmen in der Senn High School kennengelernt, als ich Waise oder vielmehr Nicht-Waise war. Damals waren wir dicke Freunde. Sein Vater hatte eine Wäscherei gehabt. Seine Mutter traute mir nicht, aus Gründen, über die nachzudenken ich mir nie die Mühe machte. Jay und ich lasen zusammen Gedichte – T. S. Eliot, den er »El-jat«, und Ezra Pound, den er »Pond« aussprach. Als junger Mann bewunderte er auch Marie Stopes. Durch ihn machte ich Bekanntschaft mit *Verheiratete Liebe*. Kurze Zeit war er Vegetarier und auch »Postamtssozialist«, d.h. er vertrat die Meinung, daß alle Unternehmen vom Staat geführt werden sollten, so wie damals die Post. Später war er, sehr kurze Zeit, Anarchist. Während all dieser Phasen war er ein *homme à femmes*. Frauen waren sein Hauptinteresse. Amy Wustrin war seine zweite Frau. Gelegentlich erinnerte er sich vermutlich daran, daß ich sie in der Senn Schule geliebt hatte, aber die ferne Vergangenheit spielte keine große Rolle für ihn. Dann mußte er es wohl völlig vergessen haben, denn als er mit Amy ging, lud er mich ein, zu ihnen ins Palmer House zum Duschen zu kommen.

Ich fragte: »Ist sie damit einverstanden, oder hast du das als Überraschung gedacht?«

»Ich habe nichts mit Überraschungen am Hut. Ich habe sie gefragt«, sagte er. »Sie hat nur die Schultern gezuckt. ›Warum nicht?‹«

Also nahm ich die Einladung an, und wir verbrachten zu dritt zwanzig Minuten unter der Dusche. Am frühen Nachmittag mußte er aufs Gericht und ließ uns beide allein. Das war die Gelegenheit, bei der ich sie unter die Brust und auf die Innenseite des Schenkels küßte. Hinterher war es entsetzlich unangenehm, an unser Verhalten in der Dusche zu denken – ein tiefes Unbehagen, das Jahr für Jahr zunahm.

Warum arrangierte Jay das? Warum stimmte sie zu? Warum machte ich mit? Ich erinnere mich, daß sie, als wir allein waren, den Mund sehnsüchtig in meine Richtung öffnete. Aber sie sagte nichts. Und ich auch nicht.

»Wahrscheinlich hat Jay in irgendeinem Buch etwas über flotte Dreier gelesen. Bei Havelock Ellis vielleicht«, sagte ich einmal zu ihr.

In den Jahren nach ihrer Heirat war ich ein häufiger Essensgast. Ein Freund der Familie.

Nach dem Essen spielte Jay meistens klassische Schallplatten auf seinem Grammophon. Und er übernahm die Führung durch das Konzert – leitete einen mit seinem äußerst bedeutungsvollen Gesicht hindurch. Den Augenbrauen vor allem. Bei Don Giovanni sang er sowohl den Leporello als auch den Giovanni mit. Er hatte überhaupt kein Gehör, aber die Musik bewegte ihn tiefer als jeden anderen. Ein komischer Vogel, dieser Jay, das kann man sagen.

Dann ließ sich Jay, etwa fünf Jahre vor seinem Tod, von Amy scheiden. Der Prozeß, den er gegen sie führte, war äußerst häßlich. »Eine hieb- und stichfeste Ehebruchsklage, und er hat Sie geschlachtet«, sagte Amys Anwalt. »Er braucht Ihnen keinen Penny zu zahlen.«

Damals hatte Amy kein eigenes Geld. War völlig pleite. Und mehr denn je sah sie aus wie die Matrone aus der Mittelschicht im Schneiderkostüm. Über diese Zeit gestand sie: »Ich mußte in der Dienstbotenkammer meiner Tante Dora wohnen. Gott sei Dank waren beide Töchter im Internat. Dora war nicht allzu erfreut über meine Anwesenheit. Und sie konnte mir kein Geld geben. Wenn ich den Schlüssel in die Haustür steckte, hörte ich, wie sie in ihr Zimmer lief. Ich suchte im Futter von alten Handtaschen nach Münzen und grub in den Sofaritzen nach Fünfern und Zehnern. Ich habe es Jay zu verdanken, daß ich lernte, was es bedeutet, ausradiert zu werden. Ich mußte lernen, um mein Leben zu kämpfen – ein schändlicher Schlag mußte kommen, damit ich zur Kämpferin wurde.«

An diesem Vormittag hatte Amy eine Verabredung mit den alten Adletskys. Sie war Innenarchitektin geworden.

Adletsky, nie ohne sein mobiles Telefon, rief Amy an, um ihr mitzuteilen, daß er sie um zehn Uhr abholen würde. Als er, auf den Glockenschlag, klingelte, ging sie hinunter. Die Markise vor ihrem Apartmenthaus in der Sheridan Road wurde mit Heizstrahlern gewärmt. Ein ungeheurer Wolkensack kontinentaler Schneemassen war über Chicago aufgeplatzt. Die Schneeflocken waren sehr groß. Adletskys überlange Limousine kam sehr langsam durch den Schnee an den Bordstein gekrochen. Der Portier trat nach vorne, um den Wagenschlag zu öffnen und Amy hineinzuhelfen. Sie setzte sich den beiden alten Leuten gegenüber.

Die alte Mrs. Adletsky mochte Amy. Auch die Matriarchin war über neunzig und klein und leicht – fast wie eine in Satin gehüllte Schmetterlingspuppe. Allerdings alles andere als untätig. In ihrem Kopf knisterte es. Und natürlich kannte sie Amys Geschichte – mußte sie kennen. Amy machte sich Gedanken über die Wertmaßstäbe der alten Frau und datierte sie auf den Beginn des Jahrhunderts. Mrs. Adletsky beurteilte das Benehmen von Frauen sicherlich nach den Normen, die zur Zeit von Franz Josef gegolten hatten und von Neunzigjährigen immer noch mehr oder weniger beachtet wurden. Amy nahm ganz richtig an, daß Mrs. Siggy traditionelle Vorstellungen von einer Dame hatte. Doch selbst diese uralten Milliardäre mußten sich mit den Dingen abfinden, wie sie waren.

Ich habe keinen Zaster, also kann es keine Rolle spielen, wie schmutzig mein Privatleben ist, dachte Amy.

Sie war hart zu sich selbst. Ihre Strategie war, sich so zu konditionieren, zu trainieren, daß sie auch unter den schlimmsten Beschimpfungen nicht den Boden unter den Füßen verlor. Die alte Mrs. Adletsky hatte Amy ins Herz geschlossen. Sie empfahl Amy ihren Freunden. Sie sagte immer: »Dem Geschmack dieser Frau kannst du trauen, und sie haut dich nicht übers Ohr.«

In der geheizten Limousine sah sich Adletsky auf drei Fernsehbildschirmen die Nachrichten und das Wetter an. Lady Siggy – wie das Personal, ein Teil von

Adletskys Stab, sie nannte – begrüßte Amy mit dem, was Amy als ihre »Liebenswürdigkeit aus dem Jenseits« bezeichnete. Ihre Vogelbeinchen waren schräg nebeneinander gestellt oder beiseite getan, bis sie wieder zur Bewegung aufgefordert würden. Sie war aus ihrer kurzen Pelzjacke geschlüpft und hatte sie nach hinten geschoben. Sie nippte an ihrem Kaffee, als gäbe es den Vormittagsverkehr auf dem Outer Drive gar nicht.

»Guten Morgen, Mrs. Adletsky. Guten Morgen, Sigmund.«

»Vielleicht können wir heute endlich diese Verhandlungen mit Heisinger zum Abschluß bringen.«

Die Adletskys waren im Begriff, Heisingers große Duplex-Wohnung am East Lake Shore Drive zu kaufen. Das Gefeilsche zog sich schon zwei volle Wochen hin. Heisinger und seine Frau bestanden darauf, daß die Adletskys das Mobiliar mitkauften. Amys Aufgabe war, den Wert der Stühle, Sofas, Teppiche, Betten, Frisierkommoden – sogar der Gardinen – zu schätzen. »Wir haben natürlich gar keine Verwendung für das Zeug«, sagte Lady Siggy. »Es wird in den Second Hand Laden im Michael Reese Hospital wandern, und wir bekommen eine Spendenbescheinigung für die Steuer.«

Der alte Bodo Heisinger, der nicht annähernd so

alt war wie Adletsky – Amy schätzte ihn auf Mitte sechzig –, fühlte sich offensichtlich herausgefordert, in Geldsachen Siggy Adletsky die Stirn zu bieten. Heisinger, ein erfolgreicher Spielwarenhersteller, machte es den Käufern sehr schwer.

»Ich wollte, meine Frau hätte ihr Herz nicht an diesen Schuppen gehängt«, sagte der alte Adletsky. »Wer sind wir denn? Ein junges Ehepaar, das sich fürs Leben einrichtet? Aber Florence muß ihn unbedingt haben – um neu zu tapezieren und all das. Der Blick auf den See ist herrlich, zugegeben. Aber dieser Bodo Heisinger nimmt sich als Verhandlungspartner viel zu ernst. Entschieden zu ernst ...«

»Er muß seiner Frau beweisen ...«

»Ach ja, seine Frau. Natürlich muß er es ihr beweisen. Aber er wird es nicht schaffen. Er hat einen Affenschiß vor ihr.«

»Sie war einmal Mandantin von Jay, vor Jahren«, sagte Amy.

»Das überrascht mich nicht«, sagte Adletsky. Er war selten richtig überrascht. Er hatte Jay Wustrin nie kennengelernt. Aber als er Amy überprüfen ließ, wie so ein Mann das wohl tun muß, hatte er alles für ihn Wissenswerte über ihren einstigen Ehemann erfahren. Jay war kein berühmter Anwalt – er hatte keinen politischen Einfluß, und das war in dieser Stadt ein schwerwiegender Nachteil. Er klügelte komplizierte Geschäftstricks aus, die töricht waren. Seine Akten waren überdokumentiert. Er machte sich einen Sport daraus, alles perfekt zu belegen, aber so viel zu belegen gab es gar nicht. Die Mandanten, die seine Kanzlei am Leben hielten, waren alte Nachbarn von der Northside, Freunde seines Vaters. Er setzte ihnen die Testamente auf, und wenn sie ihre Häuser verkauften, kümmerte er sich um die Abschlüsse. Ich selbst hatte mich an ihn gewandt, als ich aus Burma und Guatemala zurückkam. Wenn man klare Ziele hatte und Jays Tendenz, weitschweifig zu werden, zu verdoppeln und zu verdreifachen, bremste, konnte er einem die Schreibarbeit ebenso gut erledigen wie jeder andere Anwalt.

»Worum ging es?« fragte Adletsky.

»Um einen früheren Ehemann von ihr«, sagte Amy.

»Besitzansprüche?«

»Vermutlich. Sie erinnern sich doch« – sie wechselte das Thema – »daß ich heute nachmittag eine besondere Verpflichtung auf dem Friedhof habe. Wenn die Sache nicht wegen des Schneesturms abgeblasen werden kann.«

»Darauf kann man sich nicht verlassen. Es ist kein richtiger Blizzard. Der Schnee ist naß und wird nicht liegenbleiben. Nach den neuesten Meldungen im Fernsehen zieht das Schlechtwettergebiet nach Michigan und Indiana weiter.«

»Den ganzen Nachmittag soll es blauen Himmel und Sonne geben«, sagte Lady Siggy. »Ziehen Sie Stiefel an; die werden Sie da draußen brauchen.«

»Ich freue mich nicht gerade darauf.«

»Sie haben mir erzählt, worum es geht, und Quigley hat Ihnen die Genehmigung besorgt, den Leichnam zu exhumieren.« Quigley gehörte zu Adletskys juristischem Beraterstab. »Aber klar ist mir immer noch nicht, warum der Mann umgebettet werden muß.«

Amy kam der Gedanke, Adletsky wollte wohl, daß Lady Siggy die Hintergründe hörte. Und warum auch nicht? Die alte – unnatürlich alte – Dame neigte das Gesicht, um zuzuhören, und nahm alles in sich auf.

»Der Sarg Ihres Mannes muß ausgegraben werden?«

»Meine Eltern haben vor vielen Jahren Gräber auf dem Waldheim Friedhof gekauft, und nach dem Tod meiner Mutter sagte mein Vater plötzlich, er hätte keine Verwendung für die Grabstelle – seine Hälfte. Er sagte immer öfter: ›Was soll ich mit dem Grab? Ich verkaufe es.‹«

»Wie alt war Ihr Vater?«

»Er ist jetzt einundachtzig.«

»Und war er klar im Kopf?«

»Das war – und ist – er wohl nicht.«

»Verkalkt? Aber doch nicht Alzheimer ...?«

»Nicht notwendigerweise Alzheimer. Er hatte einfach die fixe Idee, sein Grab zu verkaufen, täglich kam er darauf zurück, und aus irgendeinem Grund wollte er partout, daß Jay es kaufte. Jay ist mein früherer Mann, Mrs. Adletsky.«

»Das habe ich mir gedacht.«

»Jay mochte solche Späße. Er neckte meinen Vater gern und sagte zu ihm: ›Willst du denn nicht neben deiner Frau begraben werden – vereint bis in alle Ewigkeit?‹ Und mein Vater antwortete: ›Nein, lieber will ich das Geld. Das ist doch albern. Für mich ist es sinnlos, das Grab zu behalten. Was soll ich damit? Kauf es mir ab.‹ Jay sagte: ›Wirst du denn nicht eifersüchtig, wenn ich neben ihr liege?‹ Und er gab dann zur Antwort: ›Eifersucht liegt nicht in meinem Charakter. Ich bin von Natur aus nicht eifersüchtig.‹«

»Und Ihr alter Vater lebt immer noch?«

»O ja. In einem Seniorenheim.«

»Und er hat seinen Willen bekommen?«

»Ja. Für Jay war das eine phantastische Geschichte, zum Weitererzählen. Ich wollte damit nichts zu tun haben. Jay sagte: ›Ich tue es nur, damit der Alte mich nicht weiter nervt.‹ Ich protestierte, aber das half nichts, und schließlich stellte Jay meinem Vater einen Scheck aus, und der Rechtsanspruch wurde notariell übertragen. Jay hatte keine Ahnung, daß mein Vater ihn überleben würde. Ein paar Jahre später trennten wir uns und wurden dann geschieden –«

»Und mit Ihrem Mann ging es bergab ...«, sagte Adletsky.

»Er gab seine Kanzlei auf, kränkelte. Griff auf das kleine Vermögen zurück, das er von seiner Mutter geerbt hatte und das nicht weit reichte. Im Krankenhaus bat er darum, mich zu sehen, und ich ging hin. Ich saß bei ihm ... Was ihm fehlte?« sagte sie, auf die Frage in Lady Siggys scharfem, nach oben gewandten Gesicht reagierend. »Er hatte eine Herzschwäche. Wasser in der Lunge.«

»Und als er starb ...?« Adletsky legte Amy nahe, zum Schluß zu kommen.

Die riesige polierte Konzertflügel-Limousine hatte den Drive verlassen. Durch die gefärbten Scheiben war nichts Bekanntes zu erkennen.

»Seine Kinder fanden die Besitzurkunde für das Grab in Jays Banksafe, und sie begruben ihn neben meiner Mutter.«

»Aber Sie brauchen den Platz ...?«

»In Kürze, vermute ich.«

»Man kann nicht warten, bis es soweit ist«, sagte Mr. Adletsky.

»Haben Wustrins Kinder etwas dagegen, ihn umzubetten?«

»Nicht, wenn es sie nichts kostet«, sagte Amy. »Sie haben unter dieser Bedingung der Umbettung zugestimmt.«

»Erkennt Ihr Vater Sie, wenn Sie ihn besuchen?«

»Nicht oft. Sein innerer Film ändert sich ständig.«

Geometrische Lichtkritzeleien wie auf einem Fernsehschirm.

Lady Siggy wünschte nicht, weiter bei dem Vater zu verweilen. Sie war im Begriff, eine neue Wohnung zu kaufen und sie neu zu gestalten und einzurichten. Als sei sie eine Braut. »Was für einen Humor Ihr verstorbener Mann hatte«, sagte sie.

Jay hatte es immer gern gehabt, wenn man zusah, wie er öffentlich auftrat, andere unterhielt, sich Neues einfallen ließ. Beim Tanzen schwenkte er, der untersetzte Mann, die breite Kehrseite, doch seine Füße waren sehr beweglich. So gewandt, daß man sie zierlich hätte nennen können. In der Schule leuchtete er sich mit einer Taschenlampe ins Gesicht und spielte Dr. Jekyll, der sich in Mr. Hyde verwandelt. Wie im Kino. John Barrymore, oder war es sein Bruder Lionel? Oder Lon Chaney, der berühmte Schlangenmensch, der im *Glöckner von Notre Dame* den Quasimodo spielte.

»Einen Sarg zu einem anderen Grab überführen, so ganz mutterseelenallein?« sagte Lady Siggy. »Gibt es denn niemand, der mitkommen kann – eine Freundin oder eines Ihrer Kinder?«

»Meine eine Tochter ist in New York verheiratet. Die andere studiert an der Universität von Seattle.«

Adletsky stimmte seiner Frau zu. »Jemand sollte Ihnen beistehen.«

Die Markise vor der Wohnung der Heisingers war durch Segeltuchwände vor dem pfeifenden Wind geschützt. Sie betraten den prächtigen Aufzug. Die vergoldete Decke ließ an eine byzantinische Kapelle denken; die Wände waren aus gequiltetem Leder. Die Adletskys setzten sich gemeinsam auf einen gepolsterten Sitz. Ein stummer Fahrstuhlführer brachte sie zum sechzehnten Stock, und das Messinggitter, Reihen von Rauten, öffnete sich geräuschlos. Dort stand Bodo Heisinger, gedrungen und ernst, und erwartete sie. Er trug einen Straßenanzug. Als er sich bewegte, sah man voller Überraschung, daß er Hausschuhe anhatte. Er schüttelte den alten Herrschaften die Hand und nickte Amy zu. Es gibt Millionäre, und dann gibt es noch Super-illionäre, stellte Amy im Stillen fest.

»Mrs. Wustrin ist mitgekommen, um sich Notizen für die Schätzung zu machen«, sagte Adletsky.

Er sprach mit einem leichten Akzent, aber sein Geschäftsenglisch war sehr gut.

»Wenn Sie meinen, daß Sie Ihren eigenen Gutachter brauchen«, sagte Heisinger. Er hatte sie in ein Zimmer mit Blick auf den See geführt – Hunderte von Meilen von Wasser, die sich jenseits der grauen Schneewolke auftaten. Es gab einen runden Spieltisch: irisch, achtzehntes Jahrhundert – Amy hatte ihn schon taxiert – grünes Leder mit vergoldetem Rand. Er war eines der wenigen wirklich schönen Stücke. Heisinger hatte aus taktischen Gründen beschlossen, in diesem Raum auf den Abschluß hinzuarbeiten. Das restliche Inventar – Amy war es mit ihren Experten vom Merchandise Mart durchgegangen – war von geringem Wert.

»Meine Frau wird gleich kommen«, sagte Bodo Heisinger. Er plauderte, um die Zeit zu füllen.

Der alte Adletsky hörte ungerührt zu. Als Bodo ankündigte, daß seine Frau dazukäme, waren eher die Damen interessiert, vor allem Amy. Lady Siggy hatte die problematische Mrs. Heisinger schon kennengelernt. Sie war wirklich problematisch. Madge

Heisinger war sogar noch mehr, sie war berüchtigt. Ihr Mann hatte sich von ihr scheiden lassen und sie dann wieder geheiratet. Als Jay Wustrin Mrs. Heisinger vor Jahren in einer damit nicht in Verbindung stehenden Rechtssache vertrat, hatte er Amy erzählt, daß sie ihn tief beeindruckt hatte. Lächelnd war er aus dem Büro nach Hause gekommen und hatte sie so beschrieben oder zu beschreiben versucht: »Sie fackelt nicht lange – sie ist eine echte Nihilistin. Das gibt sie selbst zu.«

Lady Siggy hatte Amy erzählt, daß Mrs. Heisinger Escada-Kostüme und Nina-Ricci-Kleider trug. »Sie verhält sich sehr provokativ«, hatte die alte Dame hinzugefügt.

Wenn Mrs. Heisinger so provokativ war, dann lag es nahe, daß sie Jay provoziert hatte. Das war ganz nach seinem Geschmack. Vielleicht war ihre Anwaltsrechnung niedriger ausgefallen als die von weniger aufregenden Mandantinnen. (Sie war damals nicht mit Bodo Heisinger verheiratet, und Geld konnte für sie eine Rolle gespielt haben.) Jays Mandantinnen waren oft Problemfrauen oder – wenn man will – »Nihilistinnen«, wie er gern sagte. Die Erregung, die solche Frauen in sein Büro brachten, bedeutete ihm viel mehr als das Honorar. Wenn sexuelle Erregung so etwas wie Alkohol war, dann war Trunkenheit am Steuer bei Jay gewissermaßen an der Tagesordnung.

Ich bin überhaupt nicht mehr interessant für ihn, hatte Amy gedacht und den Rock ihres blauen Strickkostüms über die Knie gezogen. Sie hatte das schon früh in ihrer Ehe gemerkt. An diesem Vormittag trug Amy ziemlich viel Make-up, besonders um die Augen, wo am meisten Bedarf dafür war. Ihr rundes Gesicht war ruhig, obwohl ihre inneren Rechner mit Hochgeschwindigkeit arbeiteten. Das Alter bringt bei fülligen Frauen gelegentlich Nachlässigkeit mit sich. Doch Amy hatte ihr Aussehen noch eindeutig unter Kontrolle; ihre besonderen Merkmale und Fähigkeiten waren alle versammelt – wie in einem Gehege zur Schau gestellt. Mit ihrer noch glatten Haut war sie eine Schönheit; sie atmete sogar wie eine Schönheit.

Wäre sie meine Frau gewesen – nicht Mrs. Jay Wustrin, sondern Mrs. Harry Trellman –, hätte ihr Körper mit Anfang fünfzig vielleicht anders ausgesehen ... nein, er wäre anders gewesen. Ich hätte ihr Annehmlichkeiten mentaler, imaginativer Art bieten können.

Im Augenblick saßen Amy und die Adletskys in dem warmen Penthaus und warteten auf Mrs. Heisingers Erscheinen, während das Tiefdruckgebiet über den See zog, letzte Schneeflocken vorübertrieben und starke Luftströme vom Westen her das riesige zweifache Blau von Luft und Wasser freilegten. Bodo Heisinger gab zu verstehen, daß Madge sich Sorgen um die Schätzwerte der Möbel machte. Sie konnten so nicht stimmen. Sie hatte die Sofas, Sessel, Vitrinen, Teppiche, Wandbehänge, Spiegel und Bilder in den besten Geschäften gekauft, die meisten im Merchandise Mart, und ohne die Beratung von Raumausstattern. Sie hatte alle Rechnungen aufgehoben.

Mit sehr leiser Stimme sagte Mr. Adletsky: »Vor zehn Jahren, oder sogar fünfzehn?«

Gewiß, sagte Bodo Heisinger, aber der Wert der Antiquitäten, wie dieses schönen irischen Spieltisches, habe sich verdoppelt.

»Wir haben Ihre Schätzung. Mrs. Wustrin ist dabei, die ihre vorzubereiten.«

Im Führer der großen Vermögen, der in Austin, Texas, veröffentlicht wird, war Adletsky ziemlich weit über Malcom Forbes und Turner von CNN eingestuft, während Bodo Heisinger überhaupt nicht auftauchte. Früher hatte er Wasserpistolen hergestellt, Blasrohre, aufziehbare Affenmädchen, die sich das Affenhaar kämmten und dabei mit einem Handspiegel wackelten – heutzutage wollten die Kinder natürlich häßliche Außerirdische mit verzerrten Körpern und monströsen Muskeln. Er hatte das rechtzeitig erkannt, und sein Unternehmen lief hervorragend. Es war tolerant von Adletsky, Bodo den großen Kapitalisten spielen zu lassen. Die genannten Summen waren für die Adletskys so unbedeutend wie Münzen, die einem aus der Hosentasche zwischen Kissen und Sofapolsterung rutschen.

Lady Siggy mag etwas besorgt gewesen sein, ob Heisinger es nicht zu weit trieb. Sie hatte ihr Herz an die Wohnung gehängt, und es gab keinen Grund, warum sie, eine so reiche Frau, sie nicht bekommen sollte. Aber Bodo begann Adletsky zu langweilen. Auf die Langeweile würde Gereiztheit folgen. Adletsky war durchaus dazu in der Lage, aufzustehen und kühl um Hut und Mantel zu bitten.

Möglicherweise war Adletsky ja in jüngeren Jahren, zu der Zeit, als der Grund für sein Vermögen gelegt wurde, ein herrischer Hitzkopf gewesen, zornig, ungeduldig, intolerant. Ich hatte den Eindruck, daß er jetzt viel gelassener war. Es gab Gründe für Heisingers Verhandlungshaltung, und sie waren Adletsky bewußt. Selbst ein unnahbarer Geld-Titan konnte nicht umhin, Bescheid zu wissen, allein deshalb, weil er hier lebte. Alles war durch die Zeitungen und über den Äther gegangen. Madge Heisinger war die kriminelle Ehefrau, des Versuchs für schuldig befunden, den ältlichen Spielzeugfabrikanten umbringen zu lassen.

Einige Wochen vor alledem hatte Adletsky den Ablauf des Falles mit mir durchgesprochen. Ich war kein bezahltes Mitglied seines Brain-Trusts mehr. Ich führte inzwischen ein sehr einträgliches Geschäft. Ich hatte aufgehört, sein Honorar anzunehmen. Aber ich kannte mich ziemlich gut in den Dingen aus, die ihn zu interessieren begonnen hatten – menschliche Dinge. Und ihm war klar, daß die Frau, von der er als »Ihre sehr gute Freundin Mrs. Wustrin« oder »Ihr Schützling« sprach, einen besonderen Platz in meinen Gefühlen einnahm. Es mag ihm kurios vorgekommen sein, daß ein Mann wie ich überhaupt solche Gefühle für einen Menschen hegte. Ein- oder zweimal hatte er zu mir gesagt: »Ich schätze Sie nicht als emotionales Schwergewicht ein. Aber das bedeutet nur, daß mir etwas entgangen ist, als ich mir ein Bild von Ihnen gemacht habe. Wir sind beide sonderbare Juden, Harry. Aber ich habe ja dies beträchtliche Vermögen angehäuft, und das ist wiederum etwas sehr Jüdisches.«

Ich stimmte mit einem bedeutungsvollen Schulterzucken zu, und er führte den Gedanken nicht weiter aus.

»Jetzt aber die Heisingers ... Ich war fort, als der Prozeß lief«, sagte Adletsky.

»Vor fünf oder sechs Jahren hat sie einen Killer angeheuert, der ihren Mann beseitigen sollte; sie kannte den Typ von früher – einen Mann, mit dem sie vor langer Zeit einmal liiert gewesen war«, erklärte ich ihm.

»Hat er ihn verletzt?«

»Ich glaube nicht. Bodo hat ihm die Pistole aus der Hand geschlagen. Der Typ rannte davon. An der Pistole waren Fingerabdrücke. Die Polizei identifizierte ihn, und er belastete Madge Heisinger.«

»Dann wurde sie verurteilt?«

»Beide wurden verurteilt und saßen drei Jahre ab ...«

»Wurde die Strafe ausgesetzt?«

»Ja. Heisinger zog die Klage zurück. Er wollte Madge wiederhaben ...«

»Er muß zu den Männern gehören, die Problemfrauen lieben«, sagte Adletsky.

»Er hat sie zum zweiten Mal geheiratet. Eine ihrer Bedingungen war, daß der Killer auch freikam. Sie konnte nicht glücklich sein, solange er einsaß. Sie versprach, die Beziehung zu ihm nicht wieder aufzunehmen.«

»Und dann haben sie zum zweiten Mal geheiratet und noch mal angefangen, ganz von vorne.«

»Für Heisinger muß das ein Wagnis gewesen sein – etwas wie eine Innovation«, sagte ich. »Der entscheidende Dreh der Beziehung. Ein Mann, der frei ist von allgemein geltenden Ansichten.«

»Ansichten worüber?«

»Ach, über Leichtgläubigkeit, Alter oder Potenz. Er breitet ein zweites Mal die Arme aus für die Frau, die einen Killer auf ihn angesetzt hat. In aller Öffentlichkeit erklärt er, daß er keine Angst hat, sie noch einmal zu heiraten, und er schiebt die alten moralischen Grundsätze und die alten Erwartungen und Regeln beiseite.«

Amy fand, daß Bodo ihrem Ex, ihrem verstorbenen Ehemann, etwas ähnelte. Beide empfanden Nihilismus als sexy und glaubten offenbar, daß wahre Erotik sich immer über Tabus hinwegsetzt. Weder Jay noch der alte Heisinger waren große Intelligenzbestien. Sehr sinnliche Männer sind ja oft dumm, und gemeinsame Dummheit ist eine bedeutende Kraft, wenn sie in der Sprache der Unabhängigkeit oder Befreiung ausgedrückt wird. Die Wirkung solcher Männer dringt direkt in jene Gefühlsschichten einer Frau, die unter der Klugheit liegen. Die Stärke eines Heisinger war seine knallharte Maskulinität. Er war direkt und untersetzt, auf der ältlichen Seite, aber noch im Rennen – ohne Angst davor, auf die Probe gestellt zu werden. Er zeigte, oder versuchte es zumindest, daß er sich von dem Knastfreund nicht ins Bockshorn jagen ließ. Der Freund war bestraft worden, Madge war bestraft worden. Alle hatten Qualen durchlitten. Amy, die sich in Bodo hineinzuversetzen versuchte, spürte, daß er an die noch verbleibende Zeit dachte, ein Jahrzehnt oder so: den »Lebensabend«, wie Biographen das nennen – eine Phase des »reifen« Akzeptierens, der Versöhnung, der Großzügigkeit, der Generalamnestie. Sie hatte den Verdacht, daß Heisinger zu beschränkt war, um zu begreifen, wie falsch er vielleicht lag. Auch Jay hatte schillernde Projekte ausgearbeitet, die keiner sonst akzeptieren konnte – Szenarios, die zu theatralisch waren, um in Realität umgesetzt zu werden.

Soweit mir das möglich war, legte ich Adletsky das dar. Er hatte keine Schwierigkeiten damit. Genau das wollte er von Trellman, seinem Brain-Truster, hören. Er war ein aufmerksamer, kritischer Zuhörer.

Wenn es Parallelen zwischen Bodo Heisinger und Jay Wustrin gab, gab es dann auch Ähnlichkeiten zwischen ihren Frauen? Amy nahm an, daß es wohl die eine oder andere gab. Heisinger war natürlich vielfacher Millionär. Jay Wustrins Vater hatte etwas Geld hinterlassen, aber Jay hatte es schlecht verwaltet. Er hatte kein Geschick im Umgang mit Banken,

Zinssätzen und Anlagen. Seine Mutter überlebte ihren Mann um 25 Jahre, und obwohl sie ihre Ausgaben um Jays willen einschränkte und ärmlich lebte, mußte Jay sie am Ende noch unterstützen.

Ich kannte seine Mutter gut; sie mochte mich nicht; sie fand, ich sei ein lästiger Freund für Jay, ein Abstauber – der Waisenknabe, für den Jay sein Taschengeld ausgab. Wenn wir als Jugendliche auf dem Hof miteinander boxten (die Boxhandschuhe gehörten ihm), nahm Mrs. Wustrin es mir übel, daß ich Jay ins Gesicht schlug.

»Aber ich boxe Harry doch genauso oft ...«

Mißbilligend schüttelte sie den großen hirnlosen Kopf. Jay genierte sich für seine Mutter. Mit ihren tiefen, dummen schwarzen Augen, ganz ähnlich denen ihres Sohnes, war sie dennoch eine hübsche Frau. Ihre Familie hatte sie mehr oder weniger an den viele Jahre älteren Wustrin verkauft. Er hatte sie in seiner Wäscherei arbeiten lassen. Sie war passiv, beschränkt und liebte Jay, ihr einziges Kind, abgöttisch. Vielleicht war es auch gar keine Dummheit, die ihre schwarzen Augen spiegelten, sondern blockierte Sexualität. Sie war eine Frau aus einem Dorf der alten Welt und malte sich für ihren Sohn Karrieren aus. Er sollte ein berühmter Jurist werden, Millionen verdienen und Reden halten, von denen die Zeitungen berichteten. Wie Clarence Darrow. Doch Jay war ein Frauenheld. Vielleicht war sich darüber sogar seine einfältige Mutter im klaren.

Ich merke, wie ich Vergnügen an diesen unterschiedlichen Personen, ihren Motiven, ihrem Verhalten finde. Aber nur eine liegt mir wirklich am Herzen. Ich habe schon seit Jahren mehrmals in der Woche Phantasiebegegnungen und -gespräche mit Amy. In diesen gedanklichen Diskussionen haben wir alle Fehler, die ich begangen habe, Revue passieren lassen – es sind Hunderte –, aber der größte war, daß ich es unterließ, sie zu umwerben, um sie zu kämpfen.

Sie hätte mich fragen können: »Wo zum Teufel bist du nur unser Leben lang gewesen?«

Eine gute Frage!

Doch das ist es eigentlich gar nicht, was mir jetzt durch den Sinn geht. Ich denke vor allem an die anderen: an Bodo Heisinger, Madge Heisinger und, trotz ihres ungeheuren Reichtums, die Adletskys. Und an Amys greisen Vater, den Spinner, der sein eigenes Grab an seinen Schwiegersohn verhökert hatte.

Jay hatte aus Jux und Dollerei das Grab seines Schwiegervaters gekauft. Das gab eine amüsante Geschichte ab, die er beim Mittagessen im Standard Club erzählen konnte.

Sie alle waren ganz durchschnittliche Leute. Ich hätte sie das niemals wissen lassen, aber es ist an der Zeit zuzugeben, daß ich auf sie herabsah. Ihnen fehlten die edleren Motive. Sie waren mittelmäßige Produkte unserer Massendemokratie, vermochten keinen besonderen Beitrag zur Geschichte der Menschheit zu leisten und gaben sich damit zufrieden, Geld anzuhäufen oder Frauen zu verführen, zu kopulieren, als die degenerierten Kinder des Eros – männlichen Geschlechts, aber nicht mannhaft – Erfolg im Bett zu haben und, Männer und Frauen gleichermaßen, von fadenscheinigen Ideen zu leben, ohne Schönheit, ohne Tugend, ohne die geringste geistige Unabhängigkeit: privilegiert, was Geld und Güter angeht, die Nutznießer der von der Aufklärung vorausgesehenen menschlichen Unterwerfung der Natur und der High-Tech-Errungenschaften, die die materielle Welt verwandelt haben. Als Individuen und von unserer Persönlichkeit her sind wir dem Spielraum dieser kollektiven Errungenschaften nicht gewachsen.

Doch obwohl ich solche Gefühle hegte und solche Urteile fällte, konnte ich mich dennoch nicht von der Gewohnheit lösen, Ausschau zu halten nach dem Aufblitzen höherer Fähigkeiten und sich ankündigender gewaltiger Kräfte in, sagen wir mal, den tiefen, dummen schwarzen Augen von Jay Wustrins Mutter oder in Bodo Heisingers zweitem Versuch – seiner Eheschließung mit der Frau, die dafür gesessen hatte, daß sie ihn umlegen, totschießen, ausradieren lassen wollte.

Ich tue ja offensichtlich selbst etwas Idiotisches, indem ich bei Menschentypen, die allem Anschein nach hingebungsvoll seicht sind, nach Anzeichen höchster Fähigkeiten suche.

Manchmal frage ich mich, ob meine Mutter, von der ich schon lange vermute, daß sie ein Hypochonder war, mir das angetan hat, indem sie mich in ein jüdisches Waisenhaus steckte, wo mir beigebracht wurde (zum damaligen Zeitpunkt stimmte ich dem allerdings nicht zu), daß die Juden ein auserwähltes Volk seien. Das könnte der Kern meines Glaubens sein, daß die Kräfte menschlichen Genies dort präsent sind, wo man sie am wenigsten erwartet. Ja, sogar an dem Ort, den ein Freund von mir einmal als das »schwachsinnige Inferno« beschrieb.

Ich bilde mir nichts ein auf diese (private) Angewohnheit, Gesichtszüge und Verhalten zu studieren. Alles ist ganz und gar intuitiv. Nichts davon ist beweisbar. Und höchstwahrscheinlich ist es ein Überbleibsel aus einem rudimentären jüdischen Impuls, der zeitweise noch immer kräftig am Werk ist.

Wegen meinem Chinesen- oder Japsenaussehen werde ich selten für einen Juden gehalten. Ich nehme an, das hat Vorteile. Als Jude identifiziert, ist man eine leichte Beute. Die Verhaltensregeln verändern sich, und in gewisser Weise wird man entbehrlich. Als einer der reichsten Männer der Welt brauchte Adletsky sich keine Gedanken darüber zu machen, ob man ihn schätzte oder nicht. Er gab sich ganz offen als Jude, weil es ohnehin auf der Hand lag. Außerdem kümmerte ihn die Meinung anderer einen feuchten Kehricht. Aber der Fall Bodo Heisinger lag anders. Man wußte nicht, ob Bodo Jude war oder nicht. Würde ein Jude sich von einer Frau, die eine Mordverschwörung gegen ihn angezettelt hat, scheiden lassen und sie dann ein zweites Mal heiraten? Dieser Schritt rückte ihn weit ab von jeder jüdischen Vorstellung über die Beziehung zwischen Mann und Frau.

Der alte Spielzeugfabrikant mußte partout mitten im Geschehen, im Wirbel der Skandale sein. Geistig fuhr er immer noch Motorrad und preschte sozusagen mit Höchstgeschwindigkeit am Abgrund des Grand Canyon entlang. Er hatte dem Killer die Waffe aus der Hand geschlagen. Er hatte dafür gesorgt, daß er hinter Gitter kam. Und dann hatte er dafür gesorgt, daß er entlassen wurde. Und als die Kinder immer gräßlichere, bedrohlichere Weltraumpuppen forderten, erkannte er den Trend und wurde Marktführer auf dem Gebiet.

Und nun trat Madge ein. Amy erinnerte sich daran, ihr ein- oder zweimal begegnet zu sein, als Madge vor fünfzehn Jahren Jays Mandantin gewesen war. Sie sah anders aus – sehr attraktiv, das mußte Amy zugeben. Sie war schlank, ohne Pölsterchen auf den Hüften. Das Gefängnis mußte sie fit gehalten haben. Sie hatte einen schönen Busen, ein ovales Gesicht, einen gut geformten Kopf. Sie war sehr blond, eine blonde Schönheit, deren Haar fast schmerzhaft straff zurückgesteckt und am Hinterkopf geflochten war. Amy hatte Madges Seidenkostüm in einem Escada-Schaufenster gesehen – fünftausend Dollar auf dem Leib, dazu die passenden Saphire an Händen und Ohren. Die wenigen goldenen Haare, die sich der Kontrolle entzogen, wirkten unabhängig und kräftig. In der Wildnis (Amy gestattete sich ein lustiges Bild) könnte man aus solchen Haaren eine Forellenfliege machen und sie an einer zurechtgebogenen Haarnadel befestigen. Während der vierzig Monate im Knast hatte Madge wahrscheinlich Latzhosen oder Hängekleider getragen. Jetzt jedoch gab es nirgendwo auch nur einen Schatten von Gefängnis. Durch den bloßen Wechsel von Szene und Kostüm. Sie war sehr hübsch, fand Amy. Nur mit der Nase der Frau stimmte etwas nicht – die Spitze war zu dick, um richtig feminin zu wirken. Ein Grund mehr, die sinnliche Büste in einem Escada-Rahmen zu präsentieren. Sie trug eine Seidenbluse mit gerüschten Manschetten. Diese Madge Heisinger törnte einen richtig an. Kaum vorstellbar, was sie als nackte Liegende ausgelöst hätte, nichts am Leib als die Saphire, mit salzig-süßen Worten die Männer lockend. Verbunden mit (das wollen wir doch nicht vergessen) der besonderen Würze einer Mordverschwörung.

Bodo, der einst zum Mord Bestimmte, war ungeheuer stolz auf sie. Und auch auf sich, den alternden Hersteller und weltweiten Vertreiber muskulöser, gräßlicher, laser-bewehrter Außerirdischer für kleine Jungen und Mädchen. Er war damit beschäftigt, vor Presse und Fernsehen die Stärke seiner Liebe zu beteuern. Und für das Protokoll zu erklären, daß auch er subversiv war, kein Bürgerlicher, sondern ein Nihilist, ein Teil der »Gegenkultur«, auf einer Linie (oder doch fast) mit der Klasse der Kriminellen. Wieder sah ich Parallelen zwischen Bodo und Jay Wustrin, meinem Freund aus Kindheitstagen. Es hatte beiden immer viel bedeutet, von Frauen bewundert zu werden.

Ich nehme an, es muß Madge bewußt geworden sein – im Knast, wo sie viel Zeit zum Nachdenken hatte –, daß Bodo nicht mehr viele Lebensjahre beschieden waren und es vielleicht gar nicht nötig gewesen wäre, ein Komplott gegen ihn zu schmieden. Dann schrieb er und teilte ihr mit, daß er ihre Entlassung erwirken könne – er wollte sie wiederhaben.

Und hier war sie nun, liebenswürdig den Adletskys gegenüber, während sie mit Seitenblicken Amy begutachtete.

Ob es ein Blizzard sei? O nein. Nur eine Sturmbö mit Schnee. Das Wasser wurde schon wieder hell, während der Himmel aufklarte.

Amy war rundäugig, weichwangig und hatte einen kleinen Höcker auf der Nase. Diese Augen in einem ansonsten eher flachen Gesicht gaben ihr gelegentlich ein dümmliches Aussehen. So mußte Madges Zusammenfassung vermutlich lauten.

»Sie sind also Mrs. Wustrin. Ihr verstorbener Mann – Verzeihung, Ex-Mann – hat vor langer Zeit einmal eine Rechtssache für mich durchgefochten.«

»Ich meine, wir haben in Les Nomades zusammen zu Abend gegessen«, sagte Amy.

»O ja, ganz recht. Und jetzt haben Sie sich einen Namen als Innenarchitektin gemacht ...?«

»Ja. Mr. und Mrs. Adletsky haben mich beauftragt, Ihre Sachen zu schätzen.«

»Das ganze Zeug ist Topqualität. Die chinesischen Stücke sind echt, von Gump's in San Francisco begutachtet. Bei einigen Käufen hat Dick Erdman uns beraten –«

Adletsky sagte: »Ich habe keine Lust, mich mit den überzogenen Preisen abzugeben, die man bei Profiausstattern wie Erdman zahlt. Wenn Ihre Stücke so schön sind, sollten Sie sie behalten. Meine Frau wird sich nach ihrem eigenen Geschmack einrichten.«

Madge rieb sich die lackierten Finger, wie um einen unsichtbaren Faden oder etwas Klebriges loszuwerden. »In einem Fall wie Ihrem, Mr. Adletsky –«

»Ich beabsichtige zu kaufen, und Sie wollen verkaufen. Um mich brauchen Sie sich keine Sorgen zu machen. Mehr ist dazu nicht zu sagen.«

»Aber wir fangen doch nicht bei Null an«, sagte Madge. »Wir sind schließlich keine Unbekannten.«

»Was wollen Sie damit sagen – daß die Zeitungen voll sind von uns? Daß alle Welt über Ihre Möbel redet? Wie bei der Kennedy-Auktion? Wir haben kein Interesse daran, Gesprächsthemen zu kaufen.«

Madge verschränkte die Arme und ging auf und ab. Sie war äußerst unruhig. Sie ging zwischen den Glastüren hindurch in das langgestreckte Wohnzimmer, als inspiziere sie die Sofas, Chaiselongues und Perserteppiche und gebe ihnen dabei ein Stück von sich selbst zurück. Etwas Sexuelles? Etwas Kriminelles? Sie machte ihre Bedeutung geltend. Sie war nicht bereit, diese Bedeutung in Vergessenheit geraten zu lassen. Sie teilte, streute, breitete sie aus. Sie hatte nicht umsonst im Knast gesessen. Als ich sie kennenlernte, wurde ich durch sie an einen Kurs in Feldtheorie erinnert, und damit meine ich die psychologische Feldtheorie – für die ich mich in meinen Studententagen eingeschrieben hatte –, bei der es um mentale Eigenschaften einer mentalen Region unter schwerkraftähnlichen mentalen Einflüssen geht. Adletsky war jedoch nicht gewillt, ihr irgendein Feld einzuräumen. Manch ein Unternehmenschef und Finanzpolitiker und mehr als ein ausländischer Premierminister konnte Anekdoten erzählen von Adletskys totaler Weigerung, die Verhandlungsgrundlage des Gegenspielers zu akzeptieren.

»Sie müssen die Verluste berücksichtigen, die uns entstehen«, sagte Bodo. Er hielt einen mit Dokumenten gefüllten Aktenordner hoch.

»Abzüglich einiger Gegenstände, die wir für uns zurückbehalten«, sagte Madge. »Wir setzen den Wert unserer Einrichtung auf eineinhalb Millionen fest. Ich gehe runter von zwei.« Sie verschränkte die Arme noch enger. Hoch erhoben, dicht an der Schulter, hielt sie eine Zigarette.

Adletsky sagte, der Verkäufer, Heisinger, gebe sich selbst einen Bonus, womit er sich jetzt zurückhole, was er vorher schon konzidiert habe. »Wenn Mrs. Heisinger hier einführt, daß persönliche Erwägungen den Wert dieser Sessel und Sofas erhöhen, dann darf ich für mich wohl sagen: Wenn ich als nun Neunzigjähriger diesen Kauf nicht tätige, dann tätige ich eben einen anderen. Ich bin nicht mehr in dem Alter, wo man sein Herz an den Erwerb einer ganz bestimmten Sache hängt. Lady Siggy und ich wohnen wunderbar und sehr bequem, wo wir jetzt wohnen.«

Madge wurde in der Schultergegend ein wenig starr. Sie hob das Kinn und gab zu verstehen, daß sie damit auf eine Abkühlung der Temperatur im Raum reagierte. »Mrs. Adletsky wird hier glücklich sein«, sagte sie. »Wahrscheinlich könnten Sie ihr die Wohnung ausreden, aber sie richtet sich schon in diesen herrlichen Räumen ein.«

Nun kam ein mexikanisches Ehepaar herein, um Tee und Kaffee zu servieren, schweigende Indios. Die Frau trug einen langen Zopf. Das Gesicht des Mannes war breitflächig und braun, kupfern, oben flacher, das kurzgeschnittene schwarze Haar glänzte. Er setzte das große silberne Tablett ab, und seine Frau stellte die Tassen und Untertassen hin. Madge schickte das Dienerpaar hinaus und goß selbst ein.

Mrs. Adletsky nahm lieber Tee.

»Tee bitte auch für mich«, sagte Amy, als Madge sich ihr zuwandte. Sie hielt ihre Tasse hoch. Madge drehte die Tülle zur Seite und goß den heißen Tee über Amys Schoß.

»Au, das war heiß!« sagte Amy laut. Sie stand auf.

»Was bin ich aber auch ungeschickt«, sagte Madge. Sie schimpfte näselnd mit sich, als sei sonst keiner im Zimmer.

Adletsky bot Amy seine Serviette an.

»Haben Sie sich verbrüht?« fragte Madge.

»Vorher ging es mir besser«, sagte Amy. »Ein Glück, daß ich so einen dicken Tweedrock anhabe.«

»Wie dumm von mir. Ich hätte die Kontaktlinsen einsetzen sollen.«

»Kontaktlinsen!« sagte Amy später, als sie den Moment beschrieb. »Ich hätte ihr an Ort und Stelle die Augen auskratzen können.«

»Wenn es eine Brandsalbe hier im Haus gibt, sollten Sie etwas drauftun«, sagte die alte Lady Siggy.

»Oder Aloe – das ist noch besser«, sagte Bodo. »Wir haben eine Pflanze in der Küche.«

»Wenn Sie mir vielleicht sagen könnten, wo das Bad ist«, sagte Amy.

»Ich bringe Sie persönlich hin«, sagte Madge. »Das ist doch wohl das mindeste.«

Wohlwollend beobachtete der fröhliche Narziß Bodo mit seinem hohlen Gesicht, wie sie hinauseilten. »Es heißt, die Aloe muß drei Jahre alt sein, um bei einer Verbrennung den Schmerz zu lindern. Bei jungen Pflanzen funktioniert es nicht«, erklärte er.

Madge bewegte sich rasch, Amy langsamer, um ihre Wut zu zügeln und vorzubereiten, was sie sagen wollte ... Das war kein Mißgeschick gewesen. Nicht ein Tropfen Tee war in die Tasse geflossen. Man lernte wohl das eine oder andere im Knast. Aber man muß sich dann auch klarmachen, daß man sich wieder im zivilen Leben befindet. Wir leben schließlich nicht hinter Gittern.

Mit wütendem Gesicht betrachtete Amy kritisch die protzigen Zimmer. Scheußlich waren sie, mit ungeschickter Hand gestrichen von Dick Wie-hieß-er-doch-gleich und seiner Männertruppe, alle in Armani-Kleidung. Hautenge Hosen.

Madge wandte sich Amy mit einem netten, ja freundlichen Lächeln zu. Und jetzt sah Amy, daß Bodo Heisinger vom anderen Ende des Flurs kam; er hielt ein Stück Aloe hoch. Wäre Amy weniger wütend gewesen, hätte sie das amüsiert. Madge nahm ihm den grünen Stengel ab und schickte ihn zurück zu den Adletskys. Die Lichter im Bad gingen an. »Sie bleiben draußen«, sagte Amy und drängte Madge zur Seite. Sie beobachtete, daß Madge über sie lächelte und über ihr Temperament eher erfreut schien.

Während sie Madge die Tür vor der Nase zuschlug und abschloß, mußte Amy zugeben, daß sie sich nicht ernstlich verbrüht hatte. Daß ihr aber jemand absichtlich Tee über den Schoß goß, war schon eine Unverschämtheit. Und daß die Frau dann auch noch versuchte, sich mit ins Badezimmer zu drängen, wie man das nicht einmal unter Schwestern tun würde, wenn man erwachsen war. Die Frage: normal oder verrückt? drängte sich Amy auf. Auch in einem Frauengefängnis mußte es doch so etwas wie eine Privatsphäre geben. Falls diese Frau noch normal war, mußte sie aus ihrer Zeit im Knast mehr mitgebracht haben, als gut war. Madge nahm jeden Vorwand wahr, die Konventionen damenhaften Benehmens außer acht zu lassen. Und es gab keinen Grund anzunehmen, daß sie wirklich übergeschnappt war. Anmaßend, einschüchternd, ja, und vielleicht gewöhnte man sich in der Haft einige männliche Verhaltensweisen an. Aber all das ergab noch keinen Wahnsinn.

Selbst das Badezimmer der Heisingers war überladen – zu viele dicke Handtücher, zu viele Vorrichtungen. Amy konnte sich die zarte alte Mrs. Adletsky nicht in dem leuchtend roten Jacuzzibad vorstellen – sie würde weggeschwemmt werden. Neben der Wanne war eine Toilette mit einem gepolsterten Deckelbezug, und Amy hatte sich eben die Unterhose heruntergezogen und sich hingesetzt, als Madge hereinkam. Sie trat vom Schlafzimmer aus ein. Die Toilette befand sich in einer Nische zwischen dem Whirlpool und einer Duschkabine. Amy hatte nicht bemerkt, wie lang der gekachelte Raum in Wirklichkeit war. Auf der anderen Seite gab es noch Waschbecken und Spiegelwände und außerdem ein Ankleidezimmer.

»Ich hatte bestimmt keine sonderlich gute Kinderstube«, sagte Amy, »aber eins habe ich gelernt, und zwar, daß man an diesem Ort die Privatsphäre respektiert.«

»Ich habe Ihnen ja Zeit genug gelassen, die verbrühte Stelle zu untersuchen. Außerdem war der Tee lauwarm, nicht kochend heiß. Die Mexikaner machen guten Kaffee, aber von Tee verstehen sie nichts. Als ich der alten Dame ihren Tee eingoß, habe ich gemerkt, daß er nur lau war. Ich wollte ein Gespräch unter vier Augen, Sie einen Augenblick für mich haben. Darum ging es mir. War das nicht süß von Bodo, die Aloe zu holen? Sie ist eins von seinen besonderen Heilmitteln. Aber ich sehe schon selbst, daß die Verbrühung nicht allzu schlimm ist. Sie sind naß geworden, das tut mir leid, und ich zahle Ihnen auch die Reinigung, aber Tee gibt keine Flecken – wir haben früher in meiner Jugend mit Tee Flecken rausgemacht.«

»Lassen Sie mich doch wenigstens meine Sachen hochziehen.«

»Tun Sie das, mein Herzchen, und lassen Sie sich nicht von mir stören.«

»Sie haben sich benommen wie ein Straßenköter«, sagte Amy. »Machen Sie immer sofort alles, was Ihnen in den Sinn kommt?«

»Na, zumindest habe ich niemanden auf Sie angesetzt.«

»Sie hat Witze darüber gemacht, daß sie den alten Heisinger beseitigen wollte«, sagte Amy später zu mir.

»Ich verstehe, daß Sie sauer sind. Aber ich habe gedacht, Sie sind eine Frau, die es vielleicht von der komischen Seite nimmt.«

»Daß man mir Tee über den Schoß gießt?«

»Ich habe doch schon erklärt, warum. Es ist ziemlich schnell gegangen, das gebe ich zu, und ich habe sofort gehandelt, als mir die Idee kam. Es ist mir einfach eingefallen, genau wie Sie sagen. Aber es war auch eine Art Kommentar. Sie haben so verdammt matronenhaft ausgesehen.«

»Und wie würden Sie mit Kratzern im Gesicht aussehen?«

»Ach, das ist doch nur Gerede. Sie wollen es sich ja nicht mit den Adletskys verderben. Es zahlt sich für Sie aus, wenn Sie sich fein und damenhaft benehmen. Lady Siggy kann Sie in ihrem Millionärskränzchen zur gefragten Innenarchitektin machen. Und wie sähe das denn aus, wenn ich mit Toilettenpapier auf dem Kratzer zurückkäme? ... Moment mal, ich hole mir den kleinen Hocker aus der Dusche.«

Sie legte ein Handtuch über den leichten Plastiksitz und lehnte sich gegen die Wand. Die Fliesen glänzten höllisch.

»Warum müssen wir denn in der Toilette reden? Warum nicht in Ihrem Boudoir?«

»Hier drinnen ist es elementarer. Und Sie trocknen schneller, wenn ich die Heizung und den Ventilator anstelle. Vielleicht wollen Sie Ihre Sachen ausziehen und sie über die Lüftung hängen?«

»Ich bleibe, wie ich bin.«

»Ganz wie Sie möchten ... Wie hoch wird denn Ihre Schätzung für die Einrichtung ausfallen?«

»Ihnen wird sie nicht hoch genug sein.«

»Im ganzen Haus gibt es nicht einen einzigen billigen Gegenstand.«

»Wollen Sie mich dazu bringen, daß ich den Schätzwert erhöhe? Ich habe wohl schwerlich eine Chance, einen so klugen Kopf wie Mr. Adletsky hinters Licht zu führen.«

»O gewiß, der supermächtige Topmilliardär! Außerdem könnten Sie nie etwas Unehrliches tun«, sagte Madge. »Sie gehören zu den Damen, die mit aller Gewalt ihr anständiges Image wahren wollen.«

»Das hört sich ganz nach der Ansicht über ›draußen‹ an, die man von Sträflingen immer hört. Sie ist inzwischen schon allgemein gültig, im Gefängnis und draußen, und lautet so: ›Wenn die Fakten bekannt wären, würde sich zeigen, daß die Leute hinter Gittern nicht schuldiger sind als die draußen, denn keiner hat eine saubere Weste, und nur die Leute, die drin sind, wissen, was wahr ist und was verlogen.‹ Ich nehme an, Sie müssen aus Ihrer Haft das Beste machen, beziehungsweise alle Vorteile rausholen.«

Madge Heisinger erwiderte nichts. Möglich, daß sie ihre Optionen erwog und am Ende beschloß, Amy nicht darauf festzulegen. Sie sagte: »Ich mochte Jay Wustrin ... Er war kein hyperintelligenter Anwalt. Er ging mächtig ran – ich weiß, was Sie jetzt denken –, aber wir hatten lediglich eine rein geschäftliche Beziehung. Ich habe für meinen Fall die Strategie entwickelt, und er hat den Papierkram besorgt. Und jetzt ist er tot. Wie lange ist es her?«

»Etwa acht Monate.«

»Ich war bei dem Gedenkgottesdienst für ihn. Ich erinnere mich nicht, daß Sie dort waren«, sagte Madge.

»Ich konnte es nicht einrichten.«

»Ein paar Monate, bevor er starb, habe ich mittags mal mit ihm gegessen. Er war nicht mehr der gutaussehende Mann von einst. Nicht nur wegen seiner schlechten Gesundheit. Er war überhaupt in einer schrecklichen Verfassung. Seine Kleidung roch, die Zähne waren nicht sauber, und als er das charmante Lächeln von früher probieren wollte, dieses bewußte Hochziehen der Unterlippe, klappte es nicht. Er sagte, er hätte vor einem Jahr als Anwalt aufgehört.«

»Es waren eher drei Jahre«, sagte Amy. »Er verbrachte seine Zeit in den Buchläden der Michigan Avenue. Er hatte dort offene Rechnungen und war nicht gern gesehen. Und die Kunden wollten nicht hören, wie er seine Lieblingsdichter zitierte. Das ging auf unsere Schulzeit zurück. Er lernte Stücke auswendig, die er rezitierte, wenn er die Mädchen rumkriegen wollte. Als wir verheiratet waren, schaute ich mal alle seine Quellen nach. Die Abschnitte waren in den Büchern unterstrichen – immer im ersten Kapitel. Er hat in seinem ganzen Leben kein Buch durchgelesen. Hier ist ein Beispiel: ›Das Gesicht eines Menschen ist das Erstaunlichste im Leben der Welt. Eine andere Welt scheint hindurch. Es ist der Eintritt der Persönlichkeit in den Weltprozeß, in ihrer Einzigartigkeit, ihrer Unwiederholbarkeit. Durch das Gesicht begreifen wir das Leben eines Menschen, doch nicht das körperliche Leben, sondern das Leben seiner Seele.‹ Das hat einer seiner Lieblingsrussen gesagt. Als wir uns kennenlernten, hat er das als seinen eigenen Einfall ausgegeben.«

»Mir ist er gottlob nie mit so einem Mist gekommen«, sagte Madge. »Wer hat das geschrieben?«

»Mit Lineal unterstrichen, rot. Nur Kapitel eins. Den Rest hat er nie angeschaut.«

»Ziemlich durchtrieben.«

»Hat zu Verführungszwecken vorgegeben, ein Intellektueller zu sein. Wie aus einem Playboy-Artikel. Anleitung für junge Männer, wie man eine Frau verführt.«

»Aber Sie kennen den Text ja selbst auswendig.«

»Ja, komisch, nicht wahr?«

»Als ich Jay zum letzten Mal sah, war es jedenfalls klar, daß es zum ersten, zum zweiten, zum dritten für ihn hieß«, sagte Madge. »Es gab nur ein Interesse in seinem Leben, und das mußte er aufgeben. Also war es Zeit abzutreten. Und da wurde er schwach und sanft. Es tat mir leid, daß es so abwärts mit ihm ging. Er hat vertraulich mit mir gesprochen ...«

Sobald sie »vertraulich« sagte, wußte Amy nur zu gut, worauf Madge hinauswollte: Jay hatte ihr von den Tonbändern erzählt.

»Die Beweise gegen mich, nun gut, damit hatte er mich in der Hand«, sagte Amy. »Kommen Sie sich nur nicht so privilegiert vor. Er hat diese Tonbänder allen vorgespielt, die zuhören wollten. Er hatte eine Agentur angeheuert. Er gab ihnen einen Wohnungsschlüssel. So wurde das Ganze arrangiert. Die Spezialisten haben monatelang mein Telefon abgehört. Sogar im Bett waren Wanzen. In der Matratze Mikrophone. Das gesamte Beweismaterial wurde dem Richter in seinem Amtszimmer vorgespielt. Jay hat einen perfekten Ehebruchsprozeß gegen mich geführt ...«

Amy war nur allzu vertraut mit dem Ausdruck, den sie in Madges Gesicht sah. Sie hatte diesen Seitenblick schon bei anderen gesehen – die verstohlene Amüsiertheit, die auf der halbabgewandten Wange auftauchte.

»Ja, davon hat er mir erzählt«, sagte Madge. »Und ob ich mir das Beweismaterial anhören wollte.«

»Und wollten Sie das?«

»Also, ich war gerade aus einer Vollzugsanstalt entlassen worden. Man kriegt dort keine Zeitung zu Gesicht. Fernsehen ja, aber keine *Tribune*. Da merkt man, wie sehr man hinterher ist, wie viel man versäumt hat.«

»Über unsere Scheidung stand kaum etwas in der Zeitung«, sagte Amy. »Deshalb packte Jay die Gelegenheit immer beim Schopfe, die Bänder jedem vorzuspielen, der bereit war zuzuhören. Ich würde nicht behaupten, daß es ausschließlich Rachegelüste waren ...«

»Wie sehr ihn das verletzt hat, ist verständlich«, sagte Madge. Es war nur ein bißchen gemein, nicht im entferntesten zu vergleichen mit ihrem Vorhaben, Bodo in der Tiefgarage umlegen zu lassen.

Madge sprach weiter: »Ich nehme an, in Ihrem Bekanntenkreis hat das Ihrem Ansehen sehr geschadet – die Lustschreie und das Stöhnen und das geile Gerede.«

Amy konnte hören, wie das Blut unter ihrer Schädeldecke rauschte. Dann spürte sie, wie es ihr heftig nach unten ins Gesicht schoß. Ihr Mund wurde trokken. »Und er hat beobachtet, wie Sie reagierten, als Sie mit Kopfhörern zuhörten?«

»Nur vielleicht zehn Minuten«, sagte Madge.

Amy dachte: Jetzt steckt sie uns in dieselbe Kategorie. Wir gehören zur gleichen Art, sie und ich, beide öffentlich bloßgestellt. Mein Skandal; ihr Prozeß, der wochenlang dauerte. Zwei zum gleichen Preis.

Amy legte mir das dar, soweit das möglich war – all die unmittelbaren Umstände, bis hin zu dem gepolsterten Toilettendeckel, dem feuchten Fleck auf ihrem Rock und die vom Ventilator bewegte Flut tropischer Hitze in dem langgestreckten Badezimmer.

»Ich habe mit Bodo ein Abkommen getroffen, daß ich das Geld für die Möbel behalten darf – was immer die alten Herrschaften dafür zahlen ... Ich kann den Anblick von diesen Kommoden und Récamieren nicht mehr ertragen. Zehn schreckliche Jahre lang war das meine Umgebung. Vielleicht haben die Möbel mich zu dem dummen Plan getrieben. Tagaus, tagein diese Scheißdinger ansehen müssen – das hat mir nicht nur aufs Herz gedrückt und den Magen umgedreht, sondern am Schluß auch noch den Verstand geraubt.«

»Adletsky wird niemals noch eine Extramillion auf Ihre Wohnung drauflegen«, sagte Amy. »Es ist gar nicht so leicht, einem Milliardär Geld herauszuleiern. Erwarten Sie nicht, daß er etwas verschenkt. Eher steigt er noch aus dem ganzen Geschäft aus.«

»Wenn sie unbedingt Jungsein und Start ins Leben

spielen will, soll er sie doch lassen. Was bedeutet ihm schon Geld? Die Kröten sind ja nicht für mich. Sie sind für Tommy Bales«, sagte Madge.

»Für wen?« fragte Amy. Aber sie hatte den Namen schon richtig eingeordnet. Tommy Bales war der erbärmliche Schurke, der sich bereit erklärt hatte, den Anschlag auf Bodo Heisinger auszuführen ... »Wieso Tommy Bales?«

»Ich muß irgendwas Praktisches tun, als Wiedergutmachung für die drei Jahre, die er im Knast verloren hat, außerdem ein Jahr Warten auf den Prozeß. Und vorher hatte er auch noch keinen Fuß auf den Boden gekriegt. Deshalb will ich ihn jetzt im Business unterbringen. Das ist eine zweite Sache, zu der ich Ihre Meinung hören wollte – Sie um Hilfe bitten, um ehrlich zu sein.«

Diese Beschwörung von Ehrlichkeit wird für den Augenblick allerdings etwas zurückstehen müssen.

Was hatte es zu bedeuten, daß Adletsky und Lady Siggy ein hohes Alter erreicht hatten, daß sie als jüdische Multimilliardäre respektiert wurden und das waren, was man in Chicago »Prominente« nennt? Oder, in der Sprache des Mythos, »Geldjuden«, Repräsentanten der Mächte der Finsternis und heimliche Herrscher der Welt?

Sehr viel später am Tage, als ich mit Amy über Mr. und Mrs. Adletsky sprach, sagte ich: »Sie sind schließlich im Ruhestand. Sie haben immerzu Muße, und für sie ist es ein Zeitvertreib, mit Bodo Heisinger zu handeln, zu feilschen und zu schachern. Sie haben am frühen Morgen das Haus verlassen und sind in ihrer überlangen Limousine durch den Blizzard in die Stadt gefahren. Sie haben in dem salonartig ausgestatteten luxuriösen Innern gesessen und haben dann zwei Stunden lang mit Madge und Bodo Katz und Maus gespielt ... Es gab keine Gelegenheit, nach draußen zu schauen – die Menschen wahrzunehmen, über deren Verrücktheiten die Zeitungen immer berichten ...«

»Worauf willst du mit einer solchen Einleitung hinaus, Harry?« sagte Amy.

»Muße gibt es nicht. Für niemanden«, sagte ich. »Der Ruhestand ist eine Illusion. Keine Belohnung, sondern eine Falle. Die bankrotte Kehrseite des Erfolgs. Eine Abkürzung zum Tod. Golfplätze sind Friedhöfen allzu ähnlich. Adletsky würde sich nie dazu herablassen, Golf zu spielen. Er hatte recht damit, auf Teufel komm raus Geschäfte zu machen, wie er es im Alter von zwei bis zweiundneunzig Jahren getan hat.«

Solche Betrachtungen hatten Amy immer Unbehagen bereitet. Ich redete schon in der High School so. Sie hörte gar nicht richtig zu. Sie betrachtete es als eine meiner schlechten Angewohnheiten, und vielleicht hatte sie recht. Mein Hang zum Theoretisieren hatte schon von Anfang an zwischen uns gestanden. »Du bist gar nicht so, wie du dich anhörst«, sagte sie manchmal. »Du hast so viele Bücher gelesen, aber persönlich bist du gar nicht so trocken – du bist ganz normal.«

Berner, ihr erster Mann, von dem sie zwei Töchter hatte, hatte keine theoretischen Erklärungen abgegeben. Er war ein Spieler. Als junge Ehefrau ging sie mit ihm zu Football-Spielen ins Soldier Field und zum Hockey ins Stadion. »Es hat mir Spaß gemacht«, sagte sie. »Für dich ist das nichts, Harry. Du bist ein Universitätstyp – du bist wißbegierig, du siehst nicht wie ein Intellektueller aus, aber du bist einer.« Sie mochte es nicht, wenn ich meine Überlegenheit ausspielte. Andererseits sei ich ein sonderbarer Kauz, sagte sie. Ich sähe so merkwürdig verschlossen aus. »Du läßt höchstens ein Zehntel von dem raus, was du meinst oder weißt. Du warst einmal Marxist. Das warst du doch eine Zeitlang? Was ist denn aus dem Buch geworden, das du damals geschrieben hast, über wie hieß er doch gleich?«

»Walter Lippmann. Das wollte keiner. Es ist nie veröffentlicht worden.«

Berner, den sie heiratete, als sie ihren *Bachelor of Arts* gemacht hatte, war Erbe einer kleinen Regenmantelfabrik. Die verspielte er. Er nahm einen Kredit auf das Haus in Oak Park auf, und bald waren Amy und ihre Töchter heimatlos. Berner verschwand auf unbestimmte Zeit. Sie reichte die Scheidung ein. Die Kinder waren noch ziemlich klein, als sie Jay Wustrin heiratete.

»Berner hat uns im Grunde nicht verlassen«, sagte sie. »Er hat kaum gemerkt, daß es uns überhaupt gab.«

»Er hat gar keine Familie gebraucht. Es ging ihm nur ums Weglaufen. Mir ist unbegreiflich, wie es ihm möglich war, dich zu verlassen, Amy. Du warst eine Schönheit.«

»Für dich vielleicht. Aber nicht einmal für dich. Du hast mir jedenfalls nicht den Hof gemacht.«

»Ich war damals selbst verheiratet.«

»Das mag ja sein. Aber das hat deine Frau nicht daran gehindert, eigene Wege zu gehen.«

»Nein. Aber ich war ein Dutzend Jahre lang ein treuer Ehemann ... Ich habe dich geliebt, Amy«, sagte ich. Das klang schwerfällig. Ich fühlte mich, wenn ich so etwas sagte, wie ein Tongefäß – ein großer Steinguttopf. Von Liebe zu sprechen löste Unbehagen in mir aus. Ich mußte dann an meine Mutter denken, die ich nicht mochte. Ich konnte ihr nicht vergeben, daß sie mich in ein Waisenhaus gesteckt hatte und selbst von einem Kurbad zum andern gereist war. Sie hinkte, das stimmt. Ihre Behinderung war Realität. Sie ging am Stock. Doch die Schwierigkeiten waren nicht rein körperlich. Im Zug reservierten ihre reichen Brüder, meine Wurstmacheronkel, immer einen Salon für sie. Das eigentliche Problem war, daß es sie langweilte, die Ehefrau eines einfachen Handwerkers zu sein. Zu allem Überfluß sehe ich ihr auch noch ähnlich, allerdings habe ich eine andere Hautfarbe. Ich habe einen mongolisch wirkenden, gelbbraunen Teint. Sie war immer sehr blaß. Sie drehte sich das Haar auf und trug es hoch aufgetürmt auf dem Kopf. Ihre Wangen waren groß und weich. Ihre Nase bog sich nach innen. Ich habe ihre wulstigen Lippen geerbt. Einzeln gesehen waren ihre Gesichtszüge nicht hübsch, und dennoch hatte sie ein hübsches und sogar vornehmes Gesicht – wie eine sehr edle Tartarin mit ungewöhnlich weißem Teint. In ihrer Generation trugen Frauen mit intellektuellen Interessen ein *Pincenez*. Auch an ihrem zierlichen Hals baumelte eines.

Und eine weitere Gemeinsamkeit: Meine Mutter behielt ihre Ansichten für sich. Für mich war es eine unbegreifliche Befriedigung, fast allen Menschen den

Zugang zu meinen Gedanken und Meinungen zu versagen. Immer waren Leute bereit, sich mir anzuvertrauen, obwohl ich nie jemanden zu vertraulichen Mitteilungen ermutigt habe. Ich sagte sehr wenige Dinge persönlicher Natur. Außer zu Amy Wustrin.

Uns blieben, sagen wir mal, noch zwanzig Jahre. Die letzten fünf muß man wahrscheinlich abschreiben – einen angemessenen Spielraum für Krankheiten einräumen. Dann blieben noch fünfzehn, die sich lohnten.

Ich war inzwischen bereit, mit der Menschheit Frieden zu schließen. Für die Mehrzahl meiner Mitmenschen, das wird mir im nachhinein klar, saß mir das Messer meistens sehr locker.

In der letzten Phase des Reifwerdens könnte man, sollte man ehrlich zu sich selbst sein.

»Während du einer kühlen, abweisenden Frau treu warst«, sagte Amy, »war Jay mir kein bißchen treu, obwohl ich doch mein Bestes tat.«

Darüber hatte ich mir schon meine Gedanken gemacht. Jay und ich waren seit unserem zwölften Lebensjahr Freunde, und er unterließ es nie, mir zu erzählen, mit wessen Frau er gerade schlief. Zu Sylvester lud er alle diese untreuen Frauen, verflossene und gegenwärtige, zu der Party ein, die die Wustrins alljährlich veranstalteten. Wenn ich mit einem der betrogenen Ehemänner plauderte, ging Jay hinter dem Mann vorbei und machte mir mit den Augenbrauen Zeichen. Daß die Tatsachen bekannt wurden, war unbedingt erforderlich. Und sie mußten insbesondere von mir registriert werden. Meine Meinung war ihm wichtig, und er hielt mir sogar Vorträge, versuchte, mir seine eigene Ansicht – die richtige Ansicht – über sich selbst zu vermitteln. Er sagte, ich hinke in sexuellen Dingen hinterher. »Wenn du nicht mit der Zeit gehst, fängst du erst gar nicht an zu existieren«, erklärte er mir. Er brauchte Anerkennung, und ich wurde irgendwie der ideale Spiegel seiner sexuellen Taten. Er lebte das »wahre Leben«. Ich war der Historiker, der es aufschrieb. Er sagte: »Warum hast du dir Walter Lippmann als Thema ausgesucht? Mich solltest du nehmen – einen Vertreter der freien Liebe.«

»Für eine wissenschaftliche Arbeit?«

»Aber Harry! Als Beispiel. Als Vorreiter des gegenwärtigen emanzipierten Zeitalters.«

Es war ihm kein Geheimnis, daß ich Amy geliebt hatte, aber das war pubertär, eine High-School-Schwärmerei. Keiner hatte natürlich irgendein Recht darauf, irgend jemand anderen zu lieben.

»Was glaubst du wohl, warum ich dich eingeladen habe, im Palmer House mit uns zu duschen?« sagte er.

Die richtige Antwort wäre gewesen: um mich von meinen Gefühlen zu kurieren. Das war typisch für seine Arrangements – seine Art des Kurierens oder Korrigierens, die realistischen Prinzipien entsprach.

Und ich behaupte über meinen alten Freund Jay Wustrin: In den entscheidenden Fragen des Lebens war er dumm. Er ging all die richtigen Dinge aus den falschen Gründen an, um eine Formulierung von T. S. El-jat, seinem Idol, zu verwenden.

Später an diesem Tage, als der Blizzard über die Stadt fegte und über dem Ostufer des Sees niederging, gab Amy mir Antwort auf einige meiner seit langem ungefragten Fragen. Was sich bei seinen Sylvesterparties abspielte, war ihr nie verborgen geblieben. »Er holte alle seine Freundinnen ins Haus, zusammen mit ihren armseligen Waschlappen von Ehemännern«, sagte sie. »Das war jedes Jahr seine große Tat – es machte ihm Vergnügen. Ich nahm sogar verlogene Cocktail-Einladungen von diesen Frauen an. Ich traf mich mit ihnen in irgendwelchen Bars an der Near-Northside und saß mit ihnen in einer Nische zusammen. Ihre Stimmen bebten vor schlechtem Gewissen und Beschwichtigungsabsichten. Den meisten hatte er inzwischen schon den Laufpaß gegeben ... Er sagte, er hätte dir immer von seinen Nachmittagsparties erzählt.«

»Von einigen. Er hielt mich mehr oder weniger auf dem laufenden. Ich hatte keine Lust, mir die Einzelheiten anzuhören«, sagte ich.

Das stimmte nicht ganz. Ich verachtete seine Aktivitäten, aber ich wurde es nie leid, von diesen Verführungen zu hören (und sie in meine Gedankenwelt zu übersetzen). Wie er die Mädchen verführt hatte. Oder sie ihn. Mehr als vierzig Jahre lang, angefangen bei Frauen, die in der Wäscherei seines Vaters gearbeitet hatten. Auf Beuteln schmutziger Handtücher und Bettwäsche, nach fünf Uhr nachmittags, wenn sein Vater ihn beauftragt hatte, das Geschäft zu schließen.

Ich erinnerte mich noch an seine Anekdoten, wenn er sie schon längst vergessen hatte.

»Einmal war ich auf einer Fahrt für die Druckerei«, sagte er (einer seiner Jobs während seines Jurastudiums). »Im Auto, an der Ecke Washington Street und Michigan Avenue, ich wollte gerade nach Süden abbiegen, da sehe ich eine Biene, die den Daumen zum Trampen hochhält. Ich mach die Tür auf, und sie steigt ein. Sie wollte in die South Shore, und ich konnte sie bis zur Fifty-seventh Street mitnehmen. Aber sie sagt: ›Und warum nicht bis ganz hin?‹ Ich nehm sie beim Wort und sag: ›Wenn du bis ganz hin meinst, dann bring ich dich hin. Wohnst du allein?‹ ›Ganz allein.‹ Also ging ich mit zu ihr hoch.«

»Und wenn du überfallen und ausgeraubt worden wärst?«

»Ich habe einen Instinkt für so was«, sagte er. »Als wir uns auszogen, nahm sie meinen Schwanz in die Hand und sagte: ›He, das ist mal ein richtiger Schwanz. Nichts wie rein damit, und wenn du drin bist, stoß ihn mir ins Herz.‹«

»War die Frau hübsch?«

»Ihr Körper war irrsinnig sexy. Sie hat mich total überrumpelt.«

Was hätte es genützt zu sagen: »Die Frau war nymphoman. Das geht nicht auf dein Konto.« Nein, mit fernöstlicher Geduld hielt ich still wie ein Lasttier, während er seine Anekdoten auf mir ablud. So daß ich mich noch lange, nachdem er sie schon vergessen hatte, an seine Liebesnachmittage und -abende erinnerte. Und auch -vormittage, wenn er im Eingang wartete, bis er den Ehemann zur Arbeit gehen sah.

»Hast du der Frau Zeit gelassen, das Bett frisch zu beziehen?«

»Frisch beziehen? Wie kommst du nur da drauf! Da geht's um rasches Handeln.«

Seine großen Augen, aufgerissen bis zum Gehtnichtmehr, forderten Bewunderung. Hitze, Gedränge, Glieder und Leiber, Lust, Schmutz und Theatralik. Die Kameras waren immer auf ihn gerichtet. In meiner Generation waren die blitzschnellen Blicke vor der Kamera gang und gäbe. Wie in dem Film nach *Street Scene* von Elmer Rice – wo die Kamera melodramatisch von der belebten East Side Street wegschwenkt und über die Feuerleiter nach oben zum Fenster der Ehebrecherin, während die Zuschauer durch suggestive Musik unmerklich halb wahnsinnig gemacht werden.

Für Jay schien es, als ob ich auf chinesische Art meine Gefühle hinter meinem Gesicht versteckte.

Amy hatte es erfaßt. Sie begriff, daß er mich in seinen sexuellen Aktivitäten unterwies. Jay glaubte, sie seien denkwürdig. Sie sollten weitererzählt werden.

Mehr als einmal fragte sie mich, ob Jay mir die belastenden Tonbänder vorgespielt hatte.

»Nein«, sagte ich jedesmal.

»Sie wurden im Amtszimmer des Richters vorgespielt. Nach ein paar Minuten bat ich den Richter, mich zu entschuldigen. Ich bestätigte, daß es meine Stimme war, und er sagte, ich könne gehen.«

»Bist du nie auf die Idee gekommen, daß Jay dich abhören ließ?«

»Niemals. Er war ja immer ein durchschaubarer Mensch. Er konnte es kaum abwarten, einem zu erzählen, was er vorhatte. Er ist nicht der Typ, der lang angelegte schlaue verschwiegene Pläne hat.«

»Als Scheidungsanwalt muß er seinen Mandanten, Ehemännern und Ehefrauen, geheime Fallen empfohlen haben.«

»Natürlich. Davon hat er mir oft erzählt. Er hatte Kontakte zu mehreren Detekteien«, sagte Amy.

»Und es ist dir nie in den Sinn gekommen, daß er das bei dir auch tun könnte?«

»Er hatte in dieser Hinsicht alles Interesse an mir verloren. Vor ungefähr zehn Jahren haben wir die Endphase durchgemacht, mit schwarzer Unterwäsche und Stellungen vor dem Spiegel. Ich mußte mich über eine Stuhllehne beugen.«

Mir wäre es lieber gewesen, Amy hätte mir so etwas nicht erzählt.

Ich erzählte ihr, welche Rolle sie in meinem Leben gespielt hatte, als ich aus Burma und Guatemala zurückgekommen war. Natürlich war ihr nicht das ganze Ausmaß bekannt. Sie erkundigte sich auch nicht nach den Einzelheiten. Sie hätte sich dadurch meinen Fragen ausgesetzt, und das wiederum hätte unvermeidlich die Details ans Licht gebracht. Man bleibt in solchen Dingen besser vage, als in minutiöse Einzelheiten zu gehen.

Leute wie Jay Wustrin produzieren sich, um sich ins rechte Licht zu rücken oder für sich zu werben – sie bieten ein Image an. Die Vorstellung, die sie von sich selbst haben, ist eine Vorstellung für die Öffentlichkeit. So kann Amy in ihrer schwarzen Unterwäsche, von ihrem feisten Ehemann von hinten besprungen, ein Bild werden, das sich zum Rahmen eignet. Zum Aufhängen im Gästezimmer ... Das Innerste eines Menschen sollte ein Geheimnis sein – verdient es, ein Geheimnis zu sein –, über das sich sonst keiner aufzuregen braucht. Wie der alte Witz ... »Was ist der Unterschied zwischen Ignoranz und Gleichgültigkeit?« – »Weiß ich nicht, und ist mir auch egal.«

Keiner will unbedingt deine tiefsten Geheimnisse wissen. In der Politik können sie von Bedeutung sein. Es lohnt sich, etwas über John Kennedys Rolle im Diem-Mord zu erfahren. Die Tatsache, daß er eine Frau nach der anderen ins Oval Office holen ließ, stellt ihn auf eine Stufe mit anderen Regierungschefs, die in Caracas oder Macao sitzen. Ich betone das, weil es mein Leben lang eines meiner Prinzipien gewesen ist, denen, die mir nahe stehen, niemals irgendwelche Eröffnungen zu machen. Auf jeder tieferen Ebene ist überdies das Bekannte ebenso ungenau und unscharf wie die neue Information, die man gerade der alten hinzufügt.

Wenn ich befragt wurde, machte ich die Schotten dicht. Kein Mensch wußte, was ich in Indochina und

Burma tat. Ob es Frauen in meinem Leben gab. Oder Kinder. Oder Militärdiktatoren. Oder Geschäfte mit der Mafia. Oder verdeckte Geheimdienstaufträge. Oder Schweizer Bankkonten. Mag sein, daß ich mein Tun, mein Wesen hinter meinem Gesicht versteckte. Und ich habe mich nie besonders darum bemüht, mich Amy mitzuteilen. Wärme? Ja. Zuneigung? Auch das. Doch nachdem wir drei die Dusche im Palmer House verlassen hatten, als Jay sich plötzlich an seinen Gerichtstermin erinnerte und loslief und ich Amy unter die Brust und auf die Innenseite des Schenkels küßte, wurde kein Wort über meine Gefühle gesprochen. Amy bemerkte über den flotten Dreier in der Dusche nur, daß Jay mich mehr berührt habe als sie.

Ich sagte, das habe nicht viel zu bedeuten.

»Ich war wegen dir da«, sagte ich zu ihr.

»Wenn du mich mochtest, hättest du das deutlicher zeigen können«, sagte sie. Mit den Augen lenkte sie meinen Blick herunter auf das, was aus ihr geworden war. Dann sagte sie noch: »Keiner schien Zugang zu dir zu haben. Warum warst du immer so verschwiegen?«

»Ich war eben ein unehrliches Kind und habe jeden angelogen. Ich habe meinen Freunden Dinge verheimlicht. Ich habe geschummelt, ich habe gestohlen und Wettschulden nicht gezahlt.«

»Vielleicht hattest du deshalb gleich von Anfang an so ein bemerkenswertes, unknabenhaftes Aussehen.«

»Habe ich denn so ungewöhnlich ausgesehen? Es hat mir nichts ausgemacht, unehrlich zu sein. Mir kam es so vor, als müßte ich alle anderen betrügen, wenn ich überleben wollte.«

»Ob ich mich in dich verliebt habe, weil du ein kleiner Gauner warst?« sagte Amy. »Aber dann, als du im Palmer House die Gelegenheit hattest, hast du sie nicht ergriffen.«

Ich hatte meine Antwort parat, da ich die Szene Hunderte, wenn nicht Tausende von Malen in Gedanken hin und her gewendet hatte. »Nur, weil du verfügbar für mich warst. So wie du für Jay verfügbar warst ...«

Sie sagte: »Es wäre generisch gewesen, wie die Biologen sagen, nicht individuell. Nicht du und ich, sondern irgendein Männchen mit irgendeinem Weibchen. Wenn ich so zurückschaue, wäre ich mir vielleicht wie ein Flittchen vorgekommen.«

»So etwa ...«

»Und trotzdem wäre es etwas Besonderes gewesen. Es hätte uns aneinander gebunden.«

»Ich war schon an dich gebunden«, sagte ich.

Dieser Austausch war unangenehm, auf beiden

Seiten offen und daher notwendig. Auf meiner Seite war er allerdings extrem schmerzhaft. Der Grund dafür war, daß ich mich in sie verliebt hatte, als ich ein Schuljunge in der Pubertät war. Das ungeheuerliche Gefühl kam, wie es heißt, »wie ein Blitz aus heiterem Himmel«. Alles – aber auch alles! – war wie vorher. Es gab immer noch Küchen mit Zwiebeln und Kartoffelschalen im Spülbecken und Straßenbahnen, die in den Schienen knirschten. So war diese gerade und einfache Liebe, diese unfreiwillige Musik eine Peinlichkeit für einen kleinen Gauner wie mich. Zu den krummen Geheimnissen (die mich später zu einem »rätselhaften Mann« machten) kam diese Liebe ganz direkt, natürlich über mich. Ich konnte nicht anders, als mich der gewöhnlichen Bürgerlichkeit dieser Verbindung mit Amy zu schämen. Sie war ein Mädchen der Mittelschicht. Ich war eine Art Revolutionär. »Du kleiner *Gonif*« pflegte meine ungeduldige Mutter mich zu nennen. Das bedeutete nicht, daß ich wirklich ein Gauner war; es bedeutete, daß ich einen verschlossenen Charakter hatte. Ich hatte nicht vor, um Amys willen zur Mittelschicht überzutreten und ein Kleinbürger zu werden. Ich wollte nicht den Heuchler spielen. Damals reichte es, mich noch mehr zu verschließen.

Eines will ich zu meinen Gunsten sagen: Ich war

nicht eifersüchtig auf Jay Wustrin, weil er Amy vor dem Wandspiegel nahm, noch auf den New Yorker Mann, dessen Sexgeplänkel mit ihr in allen Details auf den Tonbändern aufgezeichnet war, die dann dem Richter im Amtszimmer vorgespielt wurden. Schmerzen zuzufügen, sogar zu morden wurde vom Marquis de Sade gutgeheißen, solange es intensives sexuelles Vergnügen bereitete. Amy auf Tonband war nicht einmal nahe – ein bloßes Piepsen im sexuellen Gelärme der Welt.

Ich durfte nicht erwarten, daß Amy auf der Stelle treten würde, während ich mich ihr zentimeterweise näherte. Es war eine längerwährende Ermittlungsaufgabe für mich, eine Chiffre nach der anderen zu knacken. Hier eine Woche lang aufgehalten, dort ein Jahrzehnt. Mehr oder weniger wußte ich allerdings immer, wo sie sich befand und womit sie gerade beschäftigt war.

Natürlich war sie nicht mehr die Schönheit, die sie einmal gewesen war. Ihr Gesicht hatte schon vor einigen Jahren begonnen, seine Fülle zu verlieren. Was ihr Kinn ausmachte, erkannte man heute nur, wenn man es zu seiner früheren Form zurückverfolgte. Ich konnte keinem außer mir selbst die Schuld geben für das, was ich versäumt hatte. Im übrigen hatte ich es nicht völlig versäumt.

Wie bei einem verschwommenen Farbdia, das plötzlich scharf gestellt wird, wurde jetzt klar, daß ich täglich in Kontakt mit Amy gewesen war, jahrein, jahraus, und in imaginären Beratungen Unterstützung von ihr bekommen hatte, sogar bei Unternehmens- oder Franchisingfragen. Viele Jahre lang hatte ich die Gefühle, die ich für sie hegte, als reine Sentimentalität betrachtet. Und Sentimentalität paßte nicht recht zu den fortgeschrittenen Formen der persönlichen Entwicklung, hinter denen ich her war.

Manchmal schien mir, als verstünde Amy das mehr als nur oberflächlich. Mit etwas Glück entdeckt man, daß die im eigenen Leben ständig gegenwärtigen Menschen dazu fähig sind, deine innersten, tief versteckten Motive zu verstehen. Mein toter Freund Jay Wustrin war ja offen und theatralisch gewesen. Ich hingegen war verschwiegen, hartherzig und jederzeit bereit, meinen Nächsten übers Ohr zu hauen. Jay glaubte, er sei offen; ich glaubte, ich sei verschlossen und behielte meine Ansichten für mich.

Doch Amy merkte sehr wohl, daß ich mich fortgesetzt ihr zuwandte und alle meine Bemühungen, mich von ihr zu lösen, völlig fehlgeschlagen waren. Sie begriff, was die erste Liebe vermag. Sie befällt dich mit siebzehn und, wie Kinderlähmung, kann sie dich, wiewohl sie im Herzen und nicht im Rückenmark wirkt, zum Krüppel machen.

War also der alte Adletsky hereingefallen, als er mich für seinen Brain-Trust anheuerte? Hätte ich an seiner Stelle ihn angeheuert? Er (der Gründer eines Weltreiches) hatte sich vom Geld ab- und privater Beobachtung zugewandt, und er hatte sich bei Frances Jellicoe und ihrem rüpelhaften betrunkenen Ehemann nicht schlecht geschlagen.

Er sprach immer mit Hochachtung von Frances und sagte, ich hätte bei dieser Gelegenheit den Beobachter in ihm geweckt.

»Es ist gar nicht so sehr eine Technik, nicht wahr, Mr. Trellman? Es ist vielmehr ein Lebensstil.«

»Wenn Sie diesen Lebensstil haben, dann, weil er Ihnen schon immer eigen war«, sagte ich.

Die persönlichen Beobachtungen, die Adletsky während des Aufbaus seines Imperiums gemacht hatte, waren unvermeidlicherweise von einer anderen Größenordnung. Bei einer Akquision oder einer Fusion läßt man sich zum Teil von seinen Bank- oder Kartellspezialisten leiten, aber trotzdem bleiben einem doch mit Sicherheit persönliche Eindrücke, der eigene »Take« von den Beteiligten oder Hauptpersonen. Ich hatte nur eine grobe Vorstellung davon, was er in sieben oder acht Jahrzehnten solchen Registrierens und

Beobachtens wahrgenommen haben mochte. Der Schwerpunkt mußte sich oft verändert haben. Notwendigerweise gehen einem auf dem Lebensweg die Stationen aus – nach der Kindheit das Mannesalter, die Jahre der Reife. Was mochten für einen Mann in Adletskys Alter Begriffe wie »später« oder »früher« bedeuten? Ich hatte dies im Hinterkopf, als ich ihm einmal erzählte, daß Churchill in seinen letzten Lebensjahren vor Langeweile fast wahnsinnig wurde und um den Tod betete.

Das überraschte Adletsky gar nicht. »Er hatte alles zu seiner Zeit getan. Denken Sie nur, was es für ihn bedeutet haben muß, als es nichts mehr zu tun gab und er keine Macht mehr hatte. Den einen Tag ist es Hitler, Roosevelt, *Scharnier des Schicksals*, und dann überhaupt nichts mehr. Nur noch jede Menge abgewetzte Polster.«

Während er sprach, luden mich sein dünnes Schnabelgesicht und seine schmalen alten Schläfen mit den hervortretenden Adern dazu ein, seine Worte zu verstehen, wie ich wollte.

Bei einem meiner Besuche sagte er zu mir: »Ich mache mir nie Sorgen darüber, ob Sie unsere Gespräche aufschreiben oder darüber berichten. Sie sind zu zurückhaltend und zu stolz auf Ihre Zurückhaltung, um das überhaupt in Betracht zu ziehen. Das ist Ihnen angeboren, Harry.«

Man schaute niemals spontan bei Mr. Adletsky herein. Man traf sich nur auf Verabredung mit ihm. Der Grund für seine Einladungen war allerdings oft unklar. Er wolle mich fragen, sagte er kürzlich, ob ich einen Blick auf Bodo Heisingers chinesische Vitrinen oder Kommoden werfen könne.

»Dafür holen Sie sich doch lieber jemanden von Gump's in San Francisco.«

»Ach, wenn es Fälschungen sind, erkennen Sie das doch sicherlich. Nicht wahr?«

»Das mag wohl sein.«

Er füllte mir mit seiner Milliardärshand eigenhändig das Cognacglas. Es war, als würde man von Napoleon Bonaparte bedient – Napoleon, dem Gefangenen auf Sankt Helena. Es gab im Exil nicht viel für den Gefangenen zu tun. Adletskys Exil war jetzt das Alter. Um die Zeit auszufüllen, las der verbannte Napoleon Hunderte von Memoiren, spielte Schach – schlecht – und war ein erbärmlicher Reiter. Er war nie gern geritten. Eine abstrakte Erhabenheit sei an ihm gewesen, sagte einer seiner Gefährten im Exil. An Adletsky war nichts Abstraktes. Hin und wieder senkte sich etwas wie Verträumtheit über ihn, aber keineswegs Erhabenheit. Die Frage, ob ich einer seiner Brain-Truster werden wolle, war natürlich ein Witz gewesen. Auf jeden Fall hätte er niemals Anspruch auf auch nur die geringste Ähnlichkeit mit Franklin D. Roosevelt erhoben. Und was Napoleon angeht: Napoleon wäre ihm erst gar nicht in den Sinn gekommen.

Bei dieser Gelegenheit spürte ich, daß meine Haltung etwas Schweres oder Ungelenkes hatte. Auf der brokatbezogenen Récamiere kam ich mir schwerfällig vor, körperlich uneins mit mir. Bei solchen Gesprächen empfand ich oft Unbehagen angesichts der in mir vermuteten Fähigkeiten.

»Ich glaube, Sie würden Bodos Fälschungen erkennen. Oder wahrscheinlich hat Madge sie gekauft«, fuhr Adletsky fort. Dann schweifte er zu einem anderen Thema ab. »Ich bin über Sie verwundert. Sie lassen sich in Burma nieder und dann in Guatemala. Sie sind erfolgreich. Warum kehren Sie dann hierher, in diese Stadt zurück? Sie ist ein großartiger Standort für Unternehmer. Aber Sie sind kein Unternehmer. Was bietet sie Ihnen also? Die Oper? Das Art Institute? Ihre Familie? Sie könnten in New York leben. Oder in Paris.«

»Paris ist einfach nur New York auf französisch.«

Für einen Mann mit soviel Geld hatte Adletsky sehr wenige Gesten. Jetzt drehte er die Handfläche nach oben, vielleicht, um damit zu sagen, daß es ihm nie eingefallen wäre, die Städte der Welt in eine Rangordnung zu bringen. Aber vielleicht lud er mich mit dem Öffnen seiner Hand auch zum Sprechen ein. Als wollte er damit sagen: Warum nicht mit der Wahrheit auf den Tisch?

Das war auch eine Möglichkeit. Ich konnte ja einen Versuch wagen. Also sagte ich einfach zu Adletsky: »Ich habe hier eine persönliche Beziehung.«

»Verstehe. Verstehe. Das ist eine klare Antwort. Klarer könnte man es nicht sagen. Das schließt Rangoon, Guatemala City, Paris, New York und viele andere Orte schon einmal aus. Zwei auf dieser Liste sind übrigens Militärdiktaturen. Und Sie würden sich in einer Militärdiktatur nicht wohlfühlen.«

»Mir bekommen die Tropen nicht«, hörte ich mich sagen.

Ich hätte noch hinzufügen können, daß ich den Winter gern mag, den Schnee auf der Erde und die altmodischen Waschbärmäntel, die die High-School-Mädchen früher anhatten – Mäntel mit großen geflochtenen Lederknöpfen –, und daß ich den animalischen Moschusgeruch des Pelzes ganz besonders schätzte, den Amys Körperwärme freisetzte, wenn sie diese Knöpfe aufmachte. Der schwere runde Waschbärhut rutschte ihr noch weiter aus der Stirn nach hinten, wenn sie mich an sich zog. Ja, sie streckte die Arme aus und zog mich an sich.

Und an dem Tag, als der Blizzard über Chicago fegte und auf der östlichen Seite von Lake Michigan niederging, rief Adletsky mich in meinem Versteck in der Van Buren Street an. Er sagte: »Für unsere Freundin Mrs. Wustrin dürfte es heute auf dem Friedhof nicht leicht werden. So eine Aufgabe sollte eine Frau nicht alleine bewältigen müssen. Vielleicht können wir ihr behilflich sein.«

Ich antwortete trocken irgend etwas. Es gab keinen Grund, warum ich mich hätte verraten sollen. Adletsky hatte tatsächlich etwas von meinen Gefühlen geahnt. Vielleicht hatte er von seinem früheren Gehirnverrenker doch etwas gelernt. Vertraulichkeiten wären jedoch ganz aus dem Rahmen gefallen. Mit einem der reichsten Männer der Welt bespricht man nicht die Konturen des eigenen Gefühlslebens – nicht einmal, wenn er einem wohlgesonnen ist. Vielleicht erkannte er ja, daß mein Mysterium letztendlich nichts anderes war als ein Miserium.

»Hören Sie, was mir vorschwebt«, sagte Adletsky. »Lady Siggy und ich legen uns bald zur Siesta hin. Dann schicke ich Ihnen die Limu – wenn Sie wollen mit einem zweiten Fahrer. Fahrer Nummer zwei fährt Amys Wagen zurück in die Garage. Fahrer Nummer eins fährt Sie, wohin Sie wollen. Haben Sie heute Zeit?«

Nett von dem alten Kerl, das zu fragen. Mich überraschte das sehr. Es war, als rufe der Präsident des amerikanischen Zentralbankrats mit einer Frage oder Bitte an. Ob ich mich wohl zur Exhumierung und Wiederbeerdigung meines alten Freunds Wustrin einfinden würde? Ob ich wohl Mrs. Wustrin beistehen würde? Genaugenommen war sie nicht seine Witwe. Dies war etwas wie eine offizielle Intervention im privaten Bereich.

Meine Antwort war denkbar knapp. »In Ordnung«, sagte ich. »Ich tue, was ich kann.«

»Um das Maß ihres Sorgenbudgets vollzumachen«, sagte Adletsky, der fremdländischer klang, wenn er geistreich oder genial war (was ist wohl ein ›Sorgenbudget‹?), »hat Mrs. Bodo Heisinger ihr heute vormittag kochenden Tee über den Schoß gegossen. Sie wird es Ihnen sicher selbst erzählen.« Sie war nach Hause gegangen, um etwas Trockenes anzuziehen. Sie hatte sogar die Aloe aufgelegt. Es half. »Das einzig wahrhaft Nützliche, was ich bei Heisinger, dem alten Schwachkopf, je erlebt habe«, sagte Amy.

Von der überlangen Limu aus rief ich die Friedhofsverwaltung an. Ja, Mrs. Wustrin sei vor einer Weile angekommen und habe alle notwendigen Papiere mitgebracht. Sie sei jetzt draußen. Ob ich mit ihr sprechen wolle?

»Nein«, sagte ich. »Mein Name ist Harry Trellman. Sagen Sie ihr nur, daß ich unterwegs bin. Ich rufe von einem mobilen Telefon aus an.« Als sei das etwas Besonderes. Es gibt Millionen von mobilen Telefonen. Ich besaß allerdings keines. Ich bin weniger kommunikativ als die meisten Menschen. Es war untypisch für mich, damit zu prahlen, daß ich ein Instrument des Fortschritts benutzte.

Natürlich kannte ich den Weg zum Friedhof – er war mir nur allzu bekannt. Man fährt in Richtung Westen auf dem Congress Street Expressway und nimmt die Abfahrt an der Harlem Avenue, der Stadtgrenze von Chicago. In meiner Kindheit waren hier draußen leere Grundstücke gewesen. Jetzt gibt es kleine Fabriken, Tavernen, Pizzerien, Großgärtnereien und natürlich den Bungalowgürtel – Zehntausende, Hunderttausende von Klinkerbungalows.

Ich war in dieser Ozeandampferlimousine noch nie ganz allein gefahren. All der lautlose Luxus und die Glacépolster, die Bar mit den Kristallgläsern und Cognac-Karaffen.

Haltung ist eine meiner besonderen Gaben. Unbeeindruckt zu wirken. Das unerschütterliche vor-kolumbianische Aussehen. Vielleicht liegt es in der Luft dieses Kontinents. Die Indianer waren berühmt dafür, und heutzutage können auch die Söhne und

Töchter von Immigranten das Aussehen einsamer Würde annehmen. An diesen großartigen Limousinen ist auch etwas, das an Konzertflügel und, in diesem Fall noch angemessener, an Beerdigungen denken läßt. In diesem rollenden Instrument glitt ich durch die schmiedeeisernen Friedhofstore.

Lady Siggy hatte recht gehabt, als sie nasses Erdreich vorhersagte. Es gibt in Chicago viel Sandboden. Die schmelzenden Gletscher der letzten Eiszeit haben hier einen riesigen See hinterlassen, und ein Großteil der Stadt ist auf eine Reihe alter Strände gebaut. Weiter draußen ist die Prärie – ausgedehntes Land, wie man es wohl auch in Mittelsibirien findet. Die Gräber werden also in den zwanzig- oder dreißigtausend Jahre alten Grund des Sees gegraben. Hohe Bäume gedeihen nicht auf diesem sandigen Boden. Vielleicht wäre für uns alles anders gekommen, wenn im mittleren Westen solche Bäume wüchsen wie an der Ostküste – Buchen mit glatter Rinde, die aus dem achtzehnten Jahrhundert stammen. Auf engen städtischen Friedhöfen ist allerdings nicht viel Platz für große Bäume. Da sieht man Pappeln oder Trompetenbäume. Die Totengräber müssen sich durch die Wurzeln hindurcharbeiten. An den Seiten eines offenen Grabs sieht man immer die weißen Scheiben durchtrennter Wurzeln.

Der Chauffeur wurde von einem Wärter, der hinter dem Tor auf ihn wartete, eingewiesen. Für die Reichen werden solche Arrangements schon vorher getroffen. Dieser Friedhof ist nicht groß. Die relativ kleinen jüdischen Stadtbezirke waren darauf vertreten, so daß sogar ich, dessen Kontakt zur jüdischen Gemeinschaft minimal war, viele der Namen wiedererkannte.

Amy hatte Mrs. Adletskys Rat befolgt und Stiefel angezogen. Sie stand mit dem Rücken zum Weg, und ich sah sie, als ich das sepiagetönte Fenster herunterließ. Die Totengräber waren schon bei der Arbeit, und eine kleine Winde kam näher – ein Fahrzeug, das mir wie ein Bagger vorkam –, mit dem Fahrer auf einem hohen Sitz. Ein Bestattungswagen wartete darauf, Jays Sarg zu seinem endgültigen Grab zu bringen. Jay würde zwischen seinen Eltern neu begraben werden.

Schneesturm, Tauwetter, kurzes Sonnenlicht und dann wieder trübes Grau. Eine Wolke, groß wie England, war soeben über die Sonne gezogen. Unter leeren Ästen und zwischen den Speeren beschnittener Büsche wuchs der Erdhaufen an. Amy erkannte die Limousine nicht, die sie am selben Morgen abgeholt hatte; sie rechnete auch nicht damit, daß ich aussteigen würde, als der Chauffeur den Schlag öffnete. Mit meiner leisen, aber klaren Stimme (lebenslanges Training in artikulierter, aber respektvoller Sprache: ich selbst würde allerdings zögern, einem Mann zu vertrauen, der so spricht wie ich), erklärte ich, was Sigmund Adletsky arrangiert hatte. »Es war seine Idee«, sagte ich. Ihr Blick war still und zurückhaltend, sogar ein wenig trübe. Sie schaute an mir vorbei und ließ den Blick hierhin und dorthin wandern, während sie versuchte, sich aus dem Ganzen ein Bild zu machen. In Anbetracht der Umstände konnte ich ihr das nicht verdenken. Sie konnte nicht abschätzen, wieviel ich Adletsky über sie erzählt hatte. Und ich konnte mir ohne weiteres ausmalen, was sie vor sich sah – mein noch dichtes Haar, glatt und schwarz, und meine schmale Stirn, nach innen gewölbt wie ein Kliff, dann schwarze, eher kleine Schlitzaugen, in jenem Teil meines Gesichts, der möglicherweise der kompakteste ist. Und schließlich der dicke Mund meiner Mutter – dicker noch als ihrer. Meine Hände steckten in den Manteltaschen, mit dem Daumen nach draußen.

»Dieser Fahrer ist hier, um dein Auto zurückzubringen«, sagte ich. »Ich werde dir in der Limousine Gesellschaft leisten ...«

»Das ist nett von Mr. Adletsky«, sagte sie.

Ich hätte fast gesagt, daß Adletsky im Alter von

92 Jahren im Begriff sei, sich Neuland in Sachen Mitgefühl zu erschließen. Aber ich unterdrückte es.

»Laß uns den Fahrer bitten, dieses traumhafte Fahrzeug hier zu parken. Dann können wir uns setzen und müssen uns nicht an der kalten Luft aufhalten. Sie ist noch ziemlich eisig, so spät im März. Wenn ich das Fenster ein wenig öffne, können wir die Sache im Auge behalten.«

So saßen wir beide in den luxuriösen Drehsitzen – schweigend zuerst, aber dann entwickelte sich bald ein angeregtes Gespräch.

»Wie geht's deinem alten Vater?« fragte ich.

»Die Alzheimer'sche Krankheit hat seine geistigen Kräfte so gut wie aufgefressen. Während der letzten Jahre hat er mich nur noch gelegentlich erkannt.«

Infolgedessen mußte man annehmen, daß er bald sterben würde. Wenn sie ihn hätte auf Eis legen oder vorläufig beerdigen müssen, bis Jay umgebettet war, wären das unerfreuliche Komplikationen gewesen.

»Meine Mutter hat damit gerechnet, daß Dad neben ihr liegt.«

»Sie mochte Jay nicht sehr, oder?«

»Sie hat gesagt, die Wustrins seien ordinär und Jay würde geschmacklose Witze machen. Sie konnte ihn kaum ertragen.«

»Das war ein Witz ganz nach seinem Geschmack,

deinem Vater das Grab abzukaufen – als würde er zu seiner Schwiegermutter ins Doppelbett steigen. Der Tod des armen Jay stand ja offensichtlich kurz bevor. Wenn uns beiden das klar war, dann muß es ihm selbst umso klarer gewesen sein. Ich traf ihn hin und wieder in der Stadt, und er lächelte mich an, drängte mir seine Gesellschaft aber nicht auf. Er verhielt sich zurückhaltender. Aus dem korpulenten Mann wurde ein dünner Junge. Und als er sein Büro, seine Kanzlei aufgab, gab er auch Sauberkeit und Ordnung auf.«

»Solange er noch auf die Jagd ging, war er gepflegt«, sagte Amy. »Aber die ganze Zeit hat er überlegt, wie er mir das Leben schwer machen konnte.«

»Damit er nicht in Vergessenheit geriet. Du würdest ja weiterleben, und er sah nicht ein, warum er dir nicht ein paar Knüppel zwischen die Beine werfen sollte.«

»Du lächelst darüber.«

»Wer kann sagen, auf welche kuriosen Gedanken Menschen kommen, wenn sie darüber nachdenken, wie der Tod sein wird? Ich meine, in welcher Weise ihr Tod sich auf die Lebenden auswirkt. ›Wie wird die Welt ohne mich sein?‹«

»Ein kindischer Gedanke.«

»Er war nicht gern allein. Als wir klein waren, hat

er mich gezwungen, mit ihm aufs Klo zu gehen. So leicht solltest du ihn nicht loswerden.«

»Und so verbringen wir jetzt einen Nachmittag mit ihm auf dem Friedhof«, sagte Amy.

»Mit der beste Ort für ein abschließendes Urteil, wenn man urteilen möchte.«

Amy hatte ihren Mantel von den Schultern nach hinten geschoben; es war warm in der schönen schwarzen Limousine – der Motor lief. Als sie mit den Schultern zuckte, verliehen die weichen Brüste in ihrem Pullover der Geste Gewicht. »Was gibt es da zu verurteilen? Warum soll man sich das antun, selbst hier? Deine Art und deine Gewohnheiten sind undurchsichtig, Harry. Vor Jahren, als ich ernsthaft über dich nachdenken mußte, habe ich deine Eigenarten in meine Überlegungen einbezogen. Bei deinen Spleens auf geistig hohem Niveau gab es keine Chance, daß du jemals große Stücke auf mich halten würdest. Und ich *habe* ernsthaft über dich nachgedacht. Ich war in dich verliebt. Aber die Ansichten von anderen Leuten waren dir nie gut genug. Immer hattest du etwas daran auszusetzen. Und ich dachte: Vielleicht liebt er mich, aber ich werde nie wissen, was er denkt. In Gedanken hat er auch an mir etwas auszusetzen ... Du hast mich als ›kleinbürgerliche Tante‹ eingeordnet.«

»Das hast du mir nie erzählt«, sagte ich, und dann wußte ich nicht weiter. Wir waren jahrzehntelang ohne einander ausgekommen. Es wurde separat geplant. Und ich war unterdessen zu dem Schluß gekommen, daß ich zu sonderbar für sie war. Oder daß sie aus verschiedenen anderen Gründen annahm, ich könne niemals domestiziert werden. So wurden meine Gefühle auf Eis gelegt, mehr oder weniger für immer. Im Lauf der Zeit erkannte ich jedoch, welchen Einfluß sie auf mich hatte. Andere Frauen waren Schemen. Sie, und nur sie, war real.

»Ich habe mehr für dich empfunden, als dir vielleicht bewußt ist. Was ich fühlte, war sehr einfach. Du hast mich von der doppelten mentalen Buchführung entlastet«, sagte ich. »Ich dachte oft, wenn es in deinem Haus ein leeres Zimmer gäbe, ohne irgend etwas darin, nicht einmal einen Teppich, dann würde es mir guttun, mich dort, Gesicht nach unten, auf den Holzfußboden zu legen ...«

Die Totengräber, die wir von Zeit zu Zeit sahen, wenn wir uns vorbeugten und durch den offenen Fensterspalt spähten, schienen einige Zeit zu brauchen. Für eine solche Arbeit wäre ich nicht mehr fit genug gewesen. Sie blieben fit durchs Graben. Kein Bedarf für Dauerläufe. Dieses Graben war wie eine Arbeit aus uralter Zeit, als Gefangene Tretmühlen bewegten oder Sklaven mit Pickeln und Spaten auf die Felder zogen.

Amy schien über das nachzudenken, was ich gesagt hatte. Wir waren sehr selten so zusammen gewesen. Von Zeit zu Zeit trafen wir uns zum Cocktail oder Abendessen, und normalerweise sprachen wir über den Merchandise Mart, Innenarchitektur oder birmanische Möbel und Kupferarbeiten. Ich wurde nützlich für Amy. Ich hatte mich bei den Adletskys für sie verbürgt, und die hatten sie anderen reichen Kunden weiterempfohlen. Sie war mir dankbar. Ihre beruflichen Aussichten waren unser Hauptthema im Szechuan Restaurant oder im Coco Pazzo oder Les Nomades. Zwei zögerliche Menschen, die einander seit vierzig Jahren liebten, im Gespräch über Ottomanen und Ohrensessel. Nie hatte ich etwas davon gesagt, daß ich mich auf ihrem Holzfußboden ausstrekken wollte.

Und auch jetzt hätten wir, abgesehen von der Tatsache, daß Jays Sarg exhumiert wurde, in einem luxuriösen kleinen Salon mit anthrazitgrau schimmernden, irisierenden Fernsehbildschirmen, kleiner Bar und mobilen Telefonen sitzen und plaudern können.

»Hat Madge Heisinger dir wirklich Tee über den Schoß gegossen? Hat sie dich verbrüht?«

»Nein, nein. Es war ein Schreck, aber verbrüht hat

sie mich nicht. Das ist so ihre Art. Sie wollte nur allein mit mir reden. Sie wollte mir einen Vorschlag machen und meinte, wir sollten uns ins Badezimmer zurückziehen, wo uns keiner stören könnte.«

Und Amy bekam folgenden Vorschlag zu hören: Das Geld, das die Adletskys für die Wohnungseinrichtung bezahlten, sollte an Madge gehen. Bodo hatte eingewilligt, daß sie es bekam, und mit diesem Geld wollte sie ein Geschäft gründen. Sie wollte einen Scheidungsgeschenk-Service aufmachen. Das Gegenstück zu einem Hochzeitsgeschenk-Service. Wenn eine Ehe auseinandergeht, behält in der Regel der eine der beiden Geschiedenen alles. Der verlassene Ehemann oder die aller Gegenstände beraubte Frau braucht in den wesentlichen Bereichen des Haushalts eine neue Ausstattung – ein Bett, zwei Stühle, einen Teppich, eine Decke, Bettwäsche, Kaffeemaschine, Pfanne, Zahnputzglas, Tassen, Löffel, Handtücher bis hin zum Radiowecker oder Fernseher. Da frisch Geschiedene oft aufgewühlt sind und wochen- oder monatelang unter dem Streß leiden, bewältigen sie ihre Arbeit, beispielsweise als Angestellte eines Unternehmens, nicht gut, und deshalb würden die Personalleiter der riesigen Konzerne einen solchen Vermittlungsdienst sicher begrüßen. Dem Unternehmen entstünden dadurch keine Kosten, da die Kollegen oder Geschäftspartner Geld in eine Scheidungskasse zahlen würden, um den Schock des Rausgeschmissenwerdens und des Zurückgewiesenseins und den Verlustschmerz zu lindern. Es wäre einerseits hervorragend für das Gemüt der Betroffenen und andererseits einträglich für die Anbieter der Überlebensausstattung. Amy könnte mit ihren Kontakten zu Merchandise Mart leicht, zuverlässig – regelmäßig – solche Gegenstände besorgen. Es würde Frischgeschiedene auf eine Stufe mit Frischvermählten stellen. Den Gleichheitsgedanken betonen. Es hätte eine demokratische Note. Die Unkosten für einen kleinen Verkaufsausstellungsraum wären minimal.

Ich mußte lachen, als ich das hörte. »Ja, ich verstehe«, sagte ich. »Und wer würde sich mit den Personalleitern ins Benehmen setzen? Wer würde ihnen die Sache schmackhaft machen?«

»Madge meint, das wäre dann Toms Aufgabe«, sagte Amy.

»Ist Tom nicht der Kerl, der Bodo aus der Welt schaffen sollte?«

»Ja, Madge fühlt sich für ihn verantwortlich. Sie hat ihn reingeritten. Es waren immerhin drei Jahre im Knast, dazu monatelange Untersuchungshaft, dann der Prozeß und das Berufungsverfahren. Madge sagt, sie muß die Schuld auf sich nehmen. Sie besteht darauf, daß sie die Verantwortung trägt, daß sie ihm verpflichtet ist.«

»Du hast diesen Tom nie zu Gesicht bekommen?«

»Wie sollte ich? Ich verkehre nicht mit Leuten, die in Bars herumlungern. Durch Kneipen ziehen und Männer aufreißen ist nicht mein Ding. Soviel ich weiß, spielt sich da auch viel in den Schlangen vor Kinos ab. Man kann die Leute in der Schlange danach einschätzen, für welchen Film sie anstehen. Oder im Art Institute, wo sich Typen rumtreiben, die ein sexuelles Abenteuer suchen – Sexprotze, die vorgeben, Malerei zu lieben.«

Sie reagierte sehr empfindlich auf jede Andeutung, daß sie auf irgendeine Weise der Frau glich, deren Schreie von Jays Scheidungsdetektiven aufgezeichnet und im Amtszimmer des Richters angehört worden waren. Der Richter war ihr zuwider. Richter seien ausnahmslos bestechlich, sagte sie, und so ein großes Gefängnis, daß alle Richter Chicagos, die hineingehörten, drin Platz hätten, könnte man gar nicht bauen.

»Ich dachte nur, ob Madge vielleicht ein Treffen vorgeschlagen hat, weil sie doch eine Geschäftsbeziehung aufbauen will. Was für ein Typ ist dieser Tom eigentlich?«

»Du hast ihn doch sicher während des Prozesses im Fernsehen gesehen ... Als Geschäftsidee ist es nicht schlecht«, sagte Amy.

Ich mußte immer noch über die Absurdität des ganzen Plans lachen. »Mrs. Heisinger hat wirklich raffinierte Ideen«, sagte ich. »Wenn der Mord auf ähnliche Weise geplant war, wundert mich nicht mehr, daß Bodo Tom die Waffe aus der Hand geschlagen hat. Madge gehört wohl zur Jay-Wustrin-Schule der Wie-im-wahren-Leben-Phantasien?«

»Du meinst, was das Ausklügeln solcher genialischer Szenarios angeht? Jay hat das tatsächlich für sein Leben gern getan. Aber sag mir, Harry, was hältst du denn von alldem?«

Die Totengräber standen schon fast bis zur Hüfte in der Erde. Hätte Adletsky mich heute nicht hierhergeschickt, wäre Amy allein zwischen den Grabsteinen herumgewandert, hätte die Namen gelesen und Friedhofsberechnungen angestellt. Wieviel ist 1987 weniger 1912? Obwohl die Sonne durchkam, war die Luft schneidend.

Unter den Eindrücken dieses Tages und Ortes sah ich Amy in einem ganz anderen Licht und revidierte meine lebenslangen vertrauten Sichtweisen. Ihre Augen beispielsweise waren so rund wie immer, aber jetzt hatten sie etwas kindlich Nüchternes. Sonderbar, dieser Kinderblick, der im mittleren Alter auftauchte, besonders da ihre Wangen nicht mehr vollkommen glatt waren und viel von ihrer Farbe verloren hatten. Doch im Wesen war sie immer noch Amy. Wenn man an der kleinen klingelnden Kurbel drehte und sagte: ›Hallo, Zentrale‹, antwortete die Amy in der Zentrale.

Sie wartete auf meinen Kommentar. Wenn ich mich bewegte, sah ich meine Silhouette in den grauen Tiefen des Limousinenfernsehers – das glatte schwarze Haar und das vertraute, verzweifelt unerwünschte chinesische Profil. Vom Bildschirm gespiegelt wirkte ich massig, wie etwas zwischen einem Schemen und dem Schatten eines Verstorbenen. Nachdem ich jahrelang anderen absichtlich ein Rätsel gewesen bin, stelle ich fest, daß ich jetzt nicht zu sagen vermag, worin dieses Rätsel bestand oder warum diese Mystifizierung überhaupt nötig war.

Eine beträchtliche Menge von Erde war aufgeworfen worden – dunkelbrauner Humus durchmischt mit menschlicher Materie.

»Also, ich denke ...«, sagte ich.

»Drück dich deutlich aus. Ich brauche einen klugen, eindeutigen Rat.«

»Gut. Dann fange ich damit an, daß ich sage, wie gern ich Rat erteile. Erst vor kurzem ist mir klargeworden, wie zurückhaltend ich immer damit war. Aber ich berate sehr, sehr gern. Ein richtig schöner Ratschlag kann mir die Tränen in die Augen treiben. Ich werde versuchen, nicht vor mich hin zu murmeln. Menschen, die viel mit sich selbst sprechen, tun das oft.«

»Als ich erfuhr, daß Adletsky dich für seinen Brain-Trust ausgesucht hatte, fiel mir auf, daß ich etwas übersehen hatte«, sagte Amy.

»Ach ja? Bin ich in deiner Achtung gestiegen? Und dabei kennen wir einander doch schon fast ein Leben lang.«

»Der alte Adletsky glaubt wohl, daß du mir helfen kannst – und daß du es auch willst.«

»Und daß ich die ideale Begleitung für eine Exhumierung bin.«

»Dieses Wort kann ich nicht hören. Es kam immer wieder in den Papieren vor, als ich den Antrag stellte. Laß uns doch Wiederbestattung sagen ... Ich glaube, keiner hat Jay länger gekannt als du.«

»Denkst du dran, Madges Angebot anzunehmen?«

»Glaubst du, der Alte hat mitbekommen, daß Madge mich mit Tee begossen hat, weil sie einen Augenblick mit mir allein sein wollte?«

»Er erkennt sehr schnell Zusammenhänge. Auf

alle Fälle spürt er intuitiv, was ich für dich empfinde. Er hat eine Menge versteckter Hinweise mitbekommen ...«

»Bitte, Harry – lauter. Du scheinst überwiegend nach innen zu kommunizieren, und folglich sprichst du auch, wenn du mit jemandem zusammen bist, mehr oder weniger mit dir selbst.«

Ich denke sehr schnell, und dann sortiere ich die Gedanken genauso rasch. Aber ich komme kaum beim Sprechen mit. Vielleicht sind es die dicken Lippen, die die Artikulation erschweren.

»Ein Wort noch zu Adletsky. Ich empfinde etwas sehr Grundlegendes für dich, Amy, schon mein Leben lang. So etwas läßt sich vor einem geübten Beobachter unmöglich verbergen. Über meine Gefühle habe ich immer eine direkte Verbindung zu dir gehabt. Sie kommt aus meiner Natur, nicht aus meinem Charakter. Mein Charakter ist ein Kompromiß. Aber nicht einmal ein Kompromiß – gut, sagen wir eine Verstümmelung meines Charakters konnte meine Natur verändern.«

»Ganz verstehe ich das nicht, aber war denn der alte Mr. Adletsky in der Lage, etwas so tief Verborgenes mitzubekommen?«

Ich sagte: »Du mußt dir im klaren darüber sein, daß man im Umgang mit jemandem wie Madge Heisinger auf jede Perversität gefaßt sein muß. Man kann sich nicht auf die geschäftliche Seite der Beziehung verlassen – der vorgeschlagenen Beziehung. Du mußt den Vorschlag isoliert betrachten.«

»Isoliert wovon?«

»Nun ja, ist sie eine Geschäftsfrau? Oder ist sie eine Psychopathin, eine Verrückte, eine Soziopathin, eine Kriminelle?«

»Ich verstehe dich hundertprozentig«, sagte Amy. »Jetzt nur mal interessehalber, worauf läuft das deiner Meinung nach hinaus?«

»Ich sehe, welcher Logik sie folgt«, sagte ich.

»Ich sehe überhaupt keine.«

»Wir müssen ihre Idee so sehen, wie sie selbst sie sieht: weil, weil und nochmal weil. Deshalb also ... wenn du im Gefängnis sitzt, zusammen mit Frauen, die einander ihre Lebensgeschichte erzählen, dann entwickelt sich vielleicht so etwas wie ein Motiv, daraus Nutzen zu ziehen, aus so viel Schlechtem etwas Gutes herauszuholen, und in unserem Land ist etwas Gutes in der Regel eine Geschäftsidee – die Vorstellung von einem profitablen Unternehmen. Mit anderen Worten: ›Wie wäre es, wenn ...?‹ Oder: ›Ich habe eine Idee, die ist ihre Million Dollar wert!‹ So führt ein Fehltritt zu einem Ergebnis, das den Erfinder wieder in sein Land eingliedert und ihn seiner Kultur zurückgibt.«

Ich will nicht beschwören, daß Amy dem folgen konnte. Vermutlich hatte sie sich über eine lange Zeit hinweg angewöhnt, sechzig Prozent von dem, was ich sagte, abzuschreiben. Als Freund der Familie hatte ich oft am Eßtisch der Wustrins große Sprüche geklopft.

»Sie wollte Bodo dazu überreden, sie aus dem Gefängnis zu holen. Für beide sollte dann eine neue Übereinkunft gelten«, sagte ich. »Bodo konnte sich damit brüsten, wie anständig es von ihm war, sie rauszulassen – wie großzügig. Und wie mutig es war, sie zurückzunehmen. Und die Liebe bekam neuen Auftrieb. Er war ein Stehaufmännchen mit Liebe im Herzen. Er war überzeugt von seiner Männlichkeit und zeigte sie, indem er Madge zum zweiten Mal heiratete. All das war auch enorm publicityträchtig – kostenlose Werbung im Wert von Millionen von Dollar. Und er ist kein Trottel. Außer daß er glaubt, er sei größer, als die Welt je vermutet hätte.«

»Aber Madges Ausstattungshaus für Geschiedene?« erinnerte mich Amy.

»Wie viele Gefangene im Frauentrakt waren wohl mehr als einmal verheiratet?«

»Ob irgendeine Frau im Gefängnis sich diese Geschichte ausgedacht hat? Ist es nicht auch möglich, daß Madges Kerl Tom auf die Idee kam, Ehepaare in

Scheidung könnten, wie Braut und Bräutigam, eine Geschenkliste aufstellen? Und daß damit ein Geschäft zu machen wäre?«

»Das ist wohl möglich«, sagte ich. »Das würde auch erklären, warum er dabeisein muß.«

»Und sie glaubt, sie kann mir vertrauen, was ihren Freund angeht. Ich bin zu alt für ihn«, sagte Amy.

»Daraus ergeben sich mehrere Möglichkeiten. Es könnte ein cleveres Unternehmen werden. Im Trend liegen. Es wird Aufmerksamkeit erregen, weil es genial ist und eine witzige Spielart des Hochzeitstischs. Die Zeitungen werden sich darauf stürzen. Auch das Fernsehen. Wenn Freunde etwas zur Hochzeit schenken können, dann können sie schließlich auch etwas tun, wenn eine Ehe sauer wird.«

»Kannst du dir vorstellen, wie Madge dabei auf mich gekommen ist?«

»Ich glaube wohl ...«, sagte ich und zögerte.

»Dann heraus mit der Sprache.«

»Sie hat eine Mordverschwörung angezettelt. Du hattest eine berüchtigte Scheidung hinter dir. Jay hat dich ausgenommen –«

»Und wie! Ich hatte praktisch keine Kaffeetasse mehr. Nimm die beiden Strafentlassenen und mich dazu, und du hast das schönste Monstrositätentrio in einem winzigen Ausstellungsraum im Merchandise

Mart, mit Schreibtischen, hellen Lampen und Telefon. Ich mußte lachen, als Madge mir das beschrieb. Sie sprach von Fernsehauftritten. Vielleicht in Oprah Winfreys Sendung. Madge ist so vollkommen überzeugt von sich und so verrückt, daß ich gedacht habe, vielleicht wird es gerade deshalb ein durchschlagender Erfolg.«

»Junge Leute in großen Unternehmen finden die Idee vielleicht toll. Sie hat das Flair des fortschrittlichen Lebensstils einer Gegenkultur.«

»Du hast vollkommen recht, Harry.«

»Und du wärst von unschätzbarem Wert für Madge. Du würdest die Klatschspaltenschreiber und Reporter anziehen. Die Talkshows würden es gar nicht erwarten können, dich einzuladen. *Vanity Fair* und Zeitschriften wie *Hustler* würden dir hinterherjagen.«

»Das könnte ich nicht ertragen«, sagte Amy.

»Im achtzehnten Jahrhundert hat irgendein ernsthafter Mensch etwas über den ›mutwilligen und liederlichen Frohsinn‹ geschrieben und auch über das ›Laster der Leichtfertigkeit‹. Möglicherweise Adam Smith. Es würde mich überraschen, wenn Madge nicht auf derselben Linie läge.«

Mit runden Augen sah Amy mich an, dann an mir vorbei. Und sagte gleich darauf: »Ich könnte das einfach nicht ... Ich wäre natürlich die Dritte in einem Skandalteam. Genau dazu würde Madge mich machen. Wie wahr das ist, habe ich gleich erkannt, als du es gesagt hast.«

»Du hättest es über kurz oder lang auch selbst herausgefunden.«

»Ja, aber vielleicht nicht rechtzeitig.«

»Dann bin ich froh, daß ich diesen verlockenden Vorschlag etwas relativiert habe. Noch eine Bemerkung, wenn du erlaubst: Gebrauchsgegenstände stehen immer zur Verfügung – ganze Küchenausstattungen, Radiowecker, Bettzeug, Fernseher, Kaffeemaschinen ... Waren bis zum Horizont. Es gibt genug von allem für jeden. So produktiv und reich ist nun mal das Gesellschaftssystem. Der ganze Prozeß begann mit der Behauptung, die Unterwerfung der Natur sei die wichtigste Aufgabe der Moderne ...«

Beim Zuhören senkte Amy allmählich den Kopf, so, als sei sie besonders aufmerksam – oder vielleicht auch, um mich einfach reden zu lassen, abzuwarten, bis ich fertig war. Ich hatte schon immer solche Dinge gesagt. Als wir noch jünger waren, meinte Amy dann: »Jetzt geht's wieder los.« Ich glaube, sie mochte Beobachtungen über das Gesellschaftssystem und die Moderne nicht – verabscheute sie zeitweise sogar regelrecht. Sie wiesen ihr einen geringeren geistigen Rang zu. Wenn ich meine tiefen Einsichten kundtat, wartete sie einfach ab, bis ich fertig war. Sie hielt mir diese kleine Untugend zugute. Mir schienen diese Beobachtungen lohnend, und gegen besseres Wissen äußerte ich sie. Gelegentlich konnte ich der Versuchung nicht widerstehen, sie am Eßtisch auszuprobieren.

»Jay hat diese Gewohnheit von dir übernommen, Harry«, hatte sie einmal geklagt. »Als wir jung verheiratet waren und an der Northside wohnten. Vor allem, wenn er Platten von Bartók spielte, dann hat er den Arsch an den Kamin gelehnt, die Ellbogen auf den Sims gestützt und angefangen, mir seinen T. S. Eliot zu zitieren. Und du weißt ja, ich gehöre nicht zu den Frauen, die zum Tiefsinn geboren sind. An mir war noch nie etwas Metaphysisches. Ich habe einen überdurchschnittlich hohen IQ, das ist alles.«

Jetzt aber gaben die Totengräber dem Mann, der die Winde bediente, ein Zeichen, und sein Fahrzeug fuhr dichter an den Rand des Grabes.

»Ich glaube, sie fangen gleich an«, sagte ich.

»Ich hatte damit gerechnet, daß es viel länger dauert.«

»Jay hat noch nicht lange hier gelegen. Nach der Friedhofszeitrechnung. Der Boden konnte sich noch nicht richtig senken.«

Die Traktorreifen drückten ihre Spuren in die frische braune Erde. Eine Art Lorbeerblattmuster. Die bewegliche kleine Maschine blieb in einem Haufen dunkelbrauner Graberde stehen, und der Fahrer stieg herunter und keilte die Räder fest. Segeltuchbänder wurden an dem Sarg befestigt, und die Winde wurde angeschlossen. Der Mann, der sich bückte, um das zu tun, hatte ein ungewöhnlich langes Rückgrat. Es stellte sich aber heraus, daß er kurze Beine hatte, denn als er zurücktrat und sich aufrichtete, war er gar nicht so groß. Der Motor sprang an, und der blaugraue Sarg stieg schräg aus dem Erdreich. Die Arbeiter rückten ihn gerade, als er hochkam, wobei Erdklümpchen von ihm abfielen. Unerwünschte Vorstellungen von dem, was darin war, gingen mir durch den Kopf: der in einen dunklen Anzug gekleidete Leichnam, das gutaussehende symmetrische Gesicht – fahl, bläulich-bleich verfärbt. Vielleicht in irgendeiner Tasche ein vergessener Bleistift. Möglich, daß die Schnürsenkel zugebunden, sogar geknotet waren. Vielleicht hatte der Tote eine Erektion.

Der Chauffeur kam zum Schlag der Limousine, um Amy herauszuhelfen. Ich stellte mich hinter sie, die Finger auf dem Rücken ineinander verflochten.

Es war Jay Wustrins theatralischer Wunsch, aus dem Grab zurückzukehren. Dafür hatte er den Handel mit Amys Vater abgeschlossen. Als Kinder, vor mehr als fünfzig Jahren, hatten Jay und ich uns jede Menge Friedhofsfilme mit Boris Karloff oder Bela Lugosi angesehen. Einsame Kirchhöfe in den Karpaten, düstere Schlösser im Hintergrund. Als der Graf von Monte Christo aus dem Chateau d'If entfloh, sagte Jay, der ganz aufgeregt war, ich sei kaltblütig. Meine Antwort war: »Ich lasse mir doch von denen nicht alle möglichen Gefühle aufdrängen.«

»Ich habe ein Herz!« erklärte Jay. »Du bist viel zu abgeklärt.«

In der überlangen Limousine, einer Welt für sich, und das auf dem Friedhof ebenso wie auf dem Michigan Boulevard, folgten wir langsam dem Bestattungswagen. »Das haben wir alles Jay zu verdanken. hat uns an diesem Wintertag hierher geholt«, sagte Amy. »Obwohl er in den letzten ein, zwei Jahren so dünn war, so schwach. Er suchte vertraute Gesichter, aber die Leute schnitten ihn, das hätte ihn normalerweise zum Wahnsinn getrieben –«

»Ich muß zugeben, ich bin ihm auch aus dem Weg gegangen.«

»Und warum?«

»Wegen einer Geschäftsangelegenheit. Geld aus Burma, das er für mich aufbewahren sollte. Ich durfte solches Geld nicht besitzen, und ich habe es per Boten geschickt. Er hat Quittungen unterschrieben, als er es entgegennahm. Als ich es dann einforderte, sagte er, er müsse es in Raten zurückzahlen.«

»Davon höre ich zum erstenmal.«

»Es gibt auch keinen Grund, warum du es hättest erfahren sollen. Und Jay war eigentlich ein großzügiger Freund. Er hat nie meinen Geburtstag vergessen. Er hat mir sehr schöne Geschenke gemacht – eine wunderbare Gesamtausgabe von Jowett's *Plato* und dem *Niedergang und Fall des Römischen Reiches* in einer alten Ausgabe. Ich besitze die Bücher noch und lese sie. Gelegentlich versuche ich, Leuten zu erzählen, was darin steht.«

»Erzähl mir von dem Geld aus Burma ...«

»Das war eine krumme Sache. Laß uns nicht daran rühren.«

»Wie du willst«, sagte Amy. »Aber sein Leichnam mußte verlegt werden. Ich konnte die Trennung meiner Eltern nicht geschehen lassen. Das hätte meine Mutter mir nie verziehen. Vielleicht hat mein Vater wirklich nicht mehr alle Tassen im Schrank. Nach fünfzig Jahren im ehelichen Bett wünschte sie sich, daß es auf ewig so sein sollte.«

So wie Amy und Jay jahrzehntelang nackt zusammen geschlafen, die Dünste voneinander eingeatmet hatten, Amys Hände vertraut gewesen waren mit der

Körperbehaarung des Mannes. Sogar ihre Gesichtscreme und sein nächtliches Grunzen mußten Teil davon gewesen sein. Und gemeinsame Seife und Kleiderschränke und Mahlzeiten – welch ein Inbegriff von Intimität.

Man kann solchen Einzelheiten zuviel Wert beimessen. Bürgerliche Angewohnheiten haben keinen Anspruch auf Heiligsprechung oder Verewigung. All das gehört zur Denkweise der breiten Masse, und ich bin nie ein Massentyp gewesen. Ich habe Menschen schon immer ziemlich streng beurteilt. Besonders, wenn sie sich selbst überschätzten – stolz auf ihre Intelligenz waren oder glaubten, sie wüßten alles Wissenswerte über das Britische Empire oder die amerikanische Verfassung – diese Leute lasse ich fallen, ohne Pardon, ohne Spielraum für Gnade. Warum also sollte ich mit Jay Wustrin milde verfahren? Er hatte die einzige Frau geheiratet, die ich je geliebt habe, und ihr gemeinsames Leben total versaut.

Also ...

Im Augenblick sind wir die Lebenden, mißgebildet und unzulänglich. Und heute in einer merkwürdigen Lage – unterwegs in der überlangen Limousine eines Multimilliardärs, einem jener Gefährte mit bernsteinfarbenen Fenstern und einem auf den Kofferraum gepflanzten Fernsehantennenbumerang. Im

Gefolge der Überreste eines alten Freundes, der sich für eine kurze Unterbrechung (zwei Stunden) eine Flucht aus dem Grab organisiert hat.

Jeder der Grabsteine, an denen wir vorbeifuhren, die wir aber durch die undurchsichtigen Rauchglasscheiben der Limousine nicht sehen konnten, hätte der meines Vaters sein können (meine Mutter ist in Arizona begraben). Von einem Menschen wie mir erwartet man schon gar keinen Familiensinn. Ich war seit vielen Jahren nicht hier draußen auf dem Friedhof gewesen.

Irgendwo lagen auch unsere Nachbarn und einige unserer Schulkameraden begraben.

Wenn ich überhaupt noch etwas unternehmen will, bevor ich an der Reihe bin, dachte ich, dann sollte ich wohl so langsam damit anfangen.

»Ist denn alles organisiert? Ich meine für Jay. Wenn wir mit diesem Sarg ankommen und das Grab nicht bereit ist ...«

»Oh, das ist ausgehoben. Darum habe ich mich gekümmert ... Ich habe mir nur Sorgen gemacht, ob der Sarg nicht aufbricht, wenn er angehoben wird. Ich hatte Angst, die Leiche könnte herausfallen.«

»Der Gedanke kam mir auch«, sagte ich. »Aber so was kann nicht passieren. Diese Burschen kennen sich aus. Sie haben Routine und sind bestens ausgerüstet. Sie legen den Sarg auf diese Segeltuchbänder, dann zieht ihn die kleine Maschine nach oben, und in Null Komma nichts landet der Sarg weich auf dem Grund des Grabes ... Du siehst so aus, als ginge dir etwas ganz Bestimmtes durch den Kopf, Amy.«

»Wie die Reise nach Jerusalem, die wir im Kindergarten gespielt haben«, sagte sie. »Wenn das Klavier aufhört, setzt man sich schnell auf einen leeren Platz. Sich im Grab meines Vaters beerdigen zu lassen war ein Witz ganz nach Jays Geschmack.«

Und wie paßte *ich* in dieses Bild? Mein selten geschnittenes stachliges schwarzes Haar, die wulstigen Lippen. Ach, und die gebogenen Schienbeine, die man immer wieder sieht, wenn man Hokusai durchblättert. Ich hatte ein dickes Buch mit Zeichnungen von ihm in meinem Büro in der Van Buren Street liegen. Amy und ich waren im zweiten Jahr der High School oft auf Knutschparties gewesen, wie man sie damals nannte. In jener Zeit hatte sie mich ziemlich gern gemocht. Wir küßten uns leidenschaftlich und umarmten einander. Ich versenkte mein Gesicht in der Moschusfeuchte des Waschbärfells.

»Ich muß dich etwas fragen, Harry«, sagte Amy. »Ich habe dagegen angekämpft, aber ich kann nicht anders, einmal muß ich noch fragen. Ich habe nie eine befriedigende Antwort bekommen. Hast du dir nun die Tonbänder von mir angehört oder nicht?«

Ich hielt einige Herzschläge lang den Atem an; dann, geübter Lügner, der ich war, verneinte ich wieder. Doch manchmal haben Lügen einfach kurze Beine. Ich sah, daß sie mir nicht glaubte, deshalb ging ich zu dem über, was viel wichtiger war. Ich sagte: »Die Tonbänder hätten nichts an den Gefühlen eines ganzen Lebens geändert. Zuerst hast du Berner geheiratet und hattest Kinder mit ihm. Wir waren zusammen in der Dusche.«

»Ja.«

»Jay hatte damals eine Frau. Du warst noch mit Berner verheiratet. Und ich war erst ein Jahr zuvor mit Mary durchgebrannt. Und dann warst du auch schon Jays Frau. Meine Gefühle für dich blieben aber immer gleich.«

»Obwohl es auch andere Männer gegeben hat, meinst du?«

Nein. Nur den Mann in New York, der sie auf dem Tonband so zum Schreien gebracht hatte. Von anderen Männern war ja nichts aufgezeichnet.

»Die junge Frau in der Dusche war immerhin schon eine erfahrene junge Frau.« Ich wollte es nicht ausführlich behandeln. Mein Ziel war, all das hinter uns zu kriegen.

»Das läßt sich wohl kaum abstreiten ... Aber du hast mich geliebt.«

»Nachdem ich vierzig Jahre darüber nachgedacht habe, fällt mir als beste Beschreibung dafür ›eine wahre Neigung‹ ein.«

»Du hast noch nie Verwendung für die Ausdrucksweise anderer Menschen gehabt. Alles mußte immer in deine Sprache übersetzt werden. Was hat die Neigung denn zu einer ›wahren‹ gemacht?«

»Andere Frauen haben mich vielleicht an dich erinnert, aber es gab nur eine einzige wahre Amy.«

»Aber was du auf dem Tonband gehört hast und was mich überführt hat, das war meine wahre Stimme. Deine ›wahre Neigung‹ hat die Schreie ausgestoßen.«

Ich mühte mich ganz besonders darum, sanft zu klingen, als ich sagte: »Wir erkennen doch alle unseren derzeitigen Zustand. Wir leben in einem Zeitalter der Emanzipation. Das Leben ist wie ein großes Schiff, auf dem die Passagiere immer entweder nach Backbord trampeln oder sich nach Steuerbord drängeln, so daß es fast kentert. Nie ist etwas gleichmäßig verteilt. Im Augenblick konzentrieren wir uns auf die linke Seite, auf Backbord. Jay war Anführer des Emanzipationsrausches. Deshalb hätte er damit rechnen müssen, daß du dich rächst.«

»Meinen denn die Leute das, wenn sie von der sexuellen Revolution sprechen? Aber wo bleibst du dann mit deiner wahren Neigung?«

»Ich kann nicht sagen, wo ich damit bleibe, aber es ist das einzige, was mir wirklich wichtig ist.«

Ihre Gedanken wandten sich wieder dem Grab zu, das vor einem halben Jahrhundert gekauft und freigehalten, für Jay reserviert worden war. Er würde neben seinem Vater liegen. »Ich frage mich, warum er sich eigentlich so für seine Mutter geschämt hat.«

Ich sagte: »Er hat sich eingeredet, daß er seine Unzulänglichkeiten von ihr geerbt hätte. Er sagte immer: ›Man müßte sich auch von Müttern scheiden lassen können.‹ Sein Vater war ein witziger, humorvoller alter Kerl. Der alte Wustrin hatte ein lustiges Gemüt. Aber mit sechzig war er tot. Sie war die Zähe und starb erst mit achtzig. Sie war für Jay ein Klotz am Bein. Sie hat ihm den Spaß verdorben.«

Man konnte sich richtig vorstellen, wie Jay Wustrin in dem Bestattungswagen vor uns in seinem Sarg lag und diese Aussagen bestätigte. Daß man über ihn redete, hätte ihn sehr glücklich gemacht. Sich neben seiner Schwiegermutter begraben zu lassen, war ein Streich gewesen. Man fragte sich unwillkürlich, ob er begriffen hatte, was der Tod bedeutete, da er sich auch noch im Tod bemerkbar machen wollte. Ich für mein Teil war der Meinung, daß die Ewigkeit alle menschlichen Impulse vernichtet. Daß die Ewigkeit einem das Existieren verleidet.

»Ich fühle mich nicht wohl in dieser langen Limousine«, sagte Amy. »Man kommt sich darin zu sehr wie in einem Beerdigungszug vor. Heute morgen auf dem Weg zu den Heisingers war es dasselbe.«

»Wir können den Wagen wegschicken und mit einem Taxi nach Hause fahren.«

Natürlich war der Kiesweg mit seinen Schlaglöchern für dieses weich dahingleitende Monstrum, das uns vorwärtstrug, gar kein Problem. Man hörte nicht einmal die Reifen. Ich wünschte mir irgendwie, meine Fassung wäre ähnlich gut wie die Stoßdämpfer und der elektronisch gesteuerte Motor. All meine gewohnten Talente hatten mich verlassen, und ich saß ungeschützt mit meinem stacheligen schwarzen Haar, den breiten Wangen und den sprachlosen Wulstlippen da. Ich hatte mich darauf trainiert, nichts herauszulassen. Aber in diesem Augenblick war ich auf verwundbare Weise sichtbar. Doch Amy sah mich gar nicht an.

»Ich habe Jay gegenüber kein schlechtes Gewissen«, sagte sie. »Kein bißchen.«

»Ich glaube, er hat die Tonbänder jedem vorgespielt, den er gerade erwischte, damit er zeigen konnte, daß er zu großzügig war, um verletzt zu sein. Aber im Grunde war er verletzt.«

»Wir sind da«, sagte Amy.

Jetzt, da wir am Bestimmungsort angelangt waren, hatte sie das dringende Bedürfnis auszusteigen. Sie wartete nicht auf den Chauffeur, sondern stieß die Tür selbst auf und schritt über den ausgebleichten Märzrasen. Ihr Tuchmantel war bis oben zugeknöpft. Ich überlegte, ob sie wohl einen Waschbärmantel anziehen würde, wenn ich ihr einen kaufte.

Ich folgte ihr zu dem neuen Grab. Es war sorgfältig vorbereitet. Auch hier lagen wieder die Segeltuchbänder für den Sarg bereit. Ich betrachtete die ovalen, in den Stein eingelassenen Fotos. Der alte Wustrin trug den gestutzten Schnauzbart, an den ich mich erinnerte, und einen altmodischen Stehkragen. Er hielt den Kopf in einem intelligenten Winkel. Jays Mutter war in einem Seidenkleid fotografiert und trug gerade geschnittene Ponys über dem einladend lächelnden Gesicht. Hereinspaziert, hereinspaziert. Aber alle waren ihr gleichgültig. Noch immer war ihr keiner wichtig außer ihrem Sohn.

Ich bot Amy mein Einstecktüchlein an. Sie trocknete sich damit nicht die Tränen, sondern hielt es sich vor den Mund.

Die Hintertüren des Bestattungswagens gingen

auf, und der Sarg wurde herausgeschoben. Zu meiner Überraschung bot sich der Chauffeur als Sargträger an. Es wurden keine Gebete gesprochen, keine Zeremonie war vorbereitet worden. Der Sarg wurde abgesetzt. Ein Knopf wurde gedrückt, und die rasche, gleichmäßig laufende, geräuschlose kleine Maschine setzte sich in Gang. Als der Sarg den Grund des Grabes erreicht hatte, zogen die Totengräber die Bänder heraus und nahmen die Schaufeln in die Hand, die sie in die Erde gesteckt hatten.

Ich trat innerlich einen Schritt zurück und sah Amy ins Gesicht. Kein anderer Mensch auf dieser Erde hatte solch ein Gesicht. Es war das Erstaunlichste im Leben der Welt.

Es war an der Zeit, den Sarg mit Erde zu bedecken. Der Bagger klapperte und dröhnte und rollte dann, wieder eine Spur aus Lorbeerblattmuster hinter sich lassend, abrupt auf die Erde zu. Ich nahm Amys Hand und sagte: »Dies ist nicht der ideale Augenblick für einen Heiratsantrag. Aber wenn es ein Fehler ist, dann ist es nicht der erste, den ich bei dir mache. Jetzt ist die Zeit gekommen zu tun, was ich jetzt tue, und ich hoffe, du nimmst mich.«

Saul Bellow

DIE ABENTEUER
DES AUGIE MARCH

Augie March, Held und
Ich-Erzähler, entflieht der
Enge seiner ärmlichen
Herkunft und bricht zu
einer Odyssee durch
Amerika und Europa
auf – einer Odyssee
durch Länder und Städte
und durch die Herzen
der Menschen.
*Die Abenteuer des Augie
March* ist ein moderner
Entwicklungsroman,
figuren- und episoden-
reich, humorvoll und
spannend. Saul Bellow
begründete mit diesem
Roman, der 1954 als
bedeutendstes Werk des
Jahres den *National
Book Award* erhielt, sein
literarisches Renommee.

Nr. 92 028 · DM 18,90

Nr. 92029 · DM 14,90

Saul Bellow

MOSBYS MEMOIREN

Daß Saul Bellow nicht nur ein großer Romancier ist, sondern auch hervorragende Erzählungen geschrieben hat, beweisen die Geschichten des vorliegenden Bandes. Bellow zeichnet seine Figuren mit der unverwechselbaren, nachdenklichen Anteilnahme für den Menschen, die sein Werk so einzigartig machen, mit oft herbem Humor und feiner Ironie.
»Überaus lesenswert!«
FAZ

Mit der Welt
auf Buchfühlung

Gail Tsukiyama

DER GARTEN DES SAMURAI

Japan 1937: Im Ferienhaus seiner Familie trifft der junge Chinese Stephen auf den wortkargen Hausverwalter Matsu. Wie die beiden sich vor der Kulisse von Matsus Garten, einem Werk von erlesener Schönheit, näherkommen und welches Geheimnis Matsus verschleierte Gefährtin Sachi umgibt, erzählt Gail Tsukiyama in diesem poetischen, im wahrsten Sinne des Wortes bezaubernden Roman. »Manchmal können Bücher die Zeit anhalten.« BRIGITTE

Nr. 92015 · DM 16,90

Nr. 92022 · DM 14,90

Stefano Benni

Es gibt keine schlechten Menschen, sagte der Bär, wenn sie gut zubereitet sind

Stefano Benni inszeniert in seinen Erzählungen eine farbenfrohe Galerie ganz alltäglicher Ungeheuer, die er mit Komik und Zynismus aufspießt: Wie z.B. die Medienwelt, in der nichts zu absurd ist, um nicht vor laufender Kamera thematisiert zu werden. Aber es geht auch um Schüler, die in der Literaturstunde kläglich versagen, weil sie lieber Bücher lesen als fernsehen; um einen Geldautomaten, der seine eigenen Vorstellungen von Gerechtigkeit hat; und nicht zuletzt um die ethisch-moralischen Betrachtungen eines Regenwurms am Angelhaken.

Mit der Welt auf Buchfühlung